レイ、ぼくらと話そう

レイモンド・カーヴァー論集

平石貴樹　宮脇俊文
編著

南雲堂

はじめに

ミニマリズムを越えて

宮脇俊文

レイモンド・カーヴァーの名前を意識するようになったのは、彼が日本に来て講演をするというウワサを聞いたころだったと思う。それは、たしか一九八七年の秋だったと記憶しているが、その来日は実現しなかった。健康上の理由ということだった。その翌年に彼は肺がんでこの世を去った。五〇歳だった。

これより何年か前に、今は廃刊となっている『海』にカーヴァーの短編の翻訳がいくつか掲載された。村上春樹氏の翻訳である。僕の場合、カーヴァーの短編を読んだのはそれが初めてだったので、この作家との出会いとしてはいささか遅いほうだったということになるのだろう。

日本でも、ちょうどこの八〇年代の後半に、カーヴァーを中心としたいわゆる「ミニマリズムの文学」のブームが沸き起こっていた。『ユリイカ』、『英語青年』など、いくつかの雑誌でその特集が組まれた。そしていろんな作家が登場し、しばらくしてその多くは姿を消していった。そして、カーヴァーだけが残った。それは、もちろん、一般的にということではなく、僕個人にとってという意味である。

とはいえ、僕は決してカーヴァーの熱心な読者ではなかった。正直に言って、カーヴァーは、そのころ、僕には少々「おとなしすぎる」ような気がしていた。あまりにも淡々としすぎているというか、何か物足りない印象が強かった。それよりも、もっとドラマチックな展開の小説を求めていた。あるいはもっとロマンチックな小説が読みたかった。そんなわけで、カーヴァー作品を少しだけかじっただけの僕は真の愛読者とは決して言えなかった。

しかし、それがずっと後になって、しかもごく最近になって、レイモンド・カーヴァーが僕の心をつかんで離さなくなった。それは、なんと、『必要になったら電話をかけて』を読んだ時のことである。これは、カーヴァー最後の作品集で、その文学的評価も決して高いとはいえないかもしれない。しかし、そのことはともかく、これがきっかけとなり、彼の作品世界をもう一度旅することとなった。

小説とは不思議なもので、(あるいはそれは不思議でもなんでもなく、ごくごく当たり前のことなのかもしれないが)、それまであまり興味を持てなかったものが、何かのきっかけである日突然その存在感を持ちはじめることがある。カーヴァーは僕にとって、まさにそんな作家だ。では、カーヴァーの何が僕を捉えたのか？

　それは、何とも説明しがたい人間の本性というか、避けることのできない現実のようなものを、何のためらいもなくさらりと提示するカーヴァー流のリアリズムかもしれない。「それはないだろう」と思っても、結果的にそうなってしまう、あるいは、別の小説なら、こういう展開になるんじゃないのというところを、何の説明も弁解もなしに、予想に反した展開にもっていってしまう。それこそが、まさに「現実」なんだと僕らは説得され、同情や理性や優しさみたいなものを介入させてもらえない展開。そこに抵抗しがたい現実を突きつけられ、納得したくないけれど「そうか」と思わされてしまう、そんな描き方に惹かれたのかもしれない。

　カーヴァーは、言い換えれば、とても正直で素直な作家だと思う。そこにある現実を淡々と何も飾ることなく、また何も差し引くことなく、そのまま提示する。「何も足さない、何も引かない」という、ずっと以前からあるウイスキーのコマーシャルを思い出させる。読者は一瞬戸惑うかもしれないが、そこに最終的に違和感は残らない。「人生はそれほどドラマチックでもロマンチックでもないんだ」ということを思い知らされる結末に、読者は妙に納得してしまうようだ。

　カーヴァーの場合、作品の多くがアメリカ西海岸を舞台としているが、これをたとえば東部ニューイングランドに置き換えてみても、さして違和感はないはずだ。要するにそれはアメリカのごくごくありふれた日常の風景なのだ。さらに言えば、それはアメリカに限ったことでもない。

それがかりに日本であったとしても十分に通用する話が多くあると思われるが、そのことはさておき、カーヴァーはその「ありふれた」中に何か生きる意味を見出そうとしていたようだ。

そうしたことの一つの典型的な例として、食べるという行為が挙げられると思う。このことは、第一〇章で柴田元幸さんが詳しく論じているが、このテーマを考える時、僕は中国の映画監督、チャン・イーモウのことを思い浮かべる。たとえば、「ささやかだけれど、役にたつこと」の最後のシーンと、『活きる』（二〇〇二年公開）のなかで何度も出てくる餃子を食べるシーンが重なってくる。この映画ではうれしい時も悲しい時も、とにかくみんなで身を寄せ合ってひたすら餃子を食べるのである。こうした食べるシーンを見ただけで感動できるというのは何だかとても不思議な気がするが、考えてみれば、それはある意味、もっとも感動的なシーンだと言えるのかもしれない。このようにカーヴァーは、僕たちが当たり前だと思っているような日常の光景の中にこそ、何か大きな力が潜んでいることをあらためて教えてくれる。

そういえば、僕が昔読んだカーヴァーの作品で印象に残っているのが、父親が息子にトマトスープの缶詰を投げつけられて負傷するシーンが描かれているものだ。このことがどういうわけか鮮明に記憶に刻みつけられた。その後カーヴァーというと、いつもこのシーンが思い出された。それは、「クリスマスの夜」に描かれている場面だが、今読み返してみても、そのこと自体はたいしたことではない――そう思っていたら、それは違っていた。第一一章の千石英世さんのエッセイにおいてはこの行為が大きな意味を持つことになる——いずれにせよ、カーヴァーと結びついたこのイメージは、長く消えることはなかった。このシーンに異常にある種のリアリティーを感じてしまったようだ。でも考えてみれば、ここにこそカーヴァーの世界が集約されているとも言える。この場合、それはかなり暴力的ではあるが、つまりそのような日常の家庭生活にありそうなことが彼の作品にはいっぱい転がっているのだ。

僕の中で長く続いたこの缶詰のイメージが、最近あるものにとって代わられることとなった。それは、「必要になったら電話をかけて」を読んでからのことだ。別々の道を歩みだそうとしている夫婦が、最後の夜を過ごしていると、霧に包まれた庭に白い馬が迷い込んでいることに気づく。二人は、この思いがけない感動的な光景を目にし、その夜、言葉にならないままかつてのように結ばれる。しかし、次の朝二人は、何事もなかったかのように、それぞれの新しい恋人の元へと去っていってしまう。読者としては、「何なんだ、これは！」と叫んでしまいそうなほど、一種の裏切られたような気持ちを隠せなくなる。でもこれはどんでん返しでもなんでもなく、これこそが日常の現実なのかもしれない。読後しばらくたって、そんな気持ちになってくる。ここで僕の中に新たなカーヴァーのイメージが誕生した。缶詰に代わって、白い馬だ。

この白い馬のイメージが出来上がったころ、カーヴァーの話で大いに盛り上がる機会があった。そのとき一緒だった平石貴樹さんとの共同提案のかたちで本書が誕生することになった。その席には、後藤和彦さんもいた。彼にも本書の企画に際し、いろいろとアドバイスをいただいた。この場を借りてお礼を言いたい。今思い起こせば、このときのことも、特別な機会でもなんでもなかった。何か本でも出そうということで、まじめに集まって編集会議を開いたわけでもなく、ごく普通に気の合う仲間が何かの機会に一緒にい合わせたというものだった。そう考えると、本書はカーヴァー的日常の世界のなかで生まれるべくして生まれたといえる。

ここで、それぞれのエッセイを概観しておこう。

まず、第一章は、ラリイ・マキャフリイ氏とシンダ・グレゴリーさんが行ったカーヴァーへのインタビューを少し短くして翻訳したものである。ここには、作家としてのカーヴァーの姿勢が見事に描き出されている。できることなら全文掲載したかったのだが、紙面の都合上こういう形になってしまった。それにもかかわらず、本書に掲載することを快諾してくれた二人に感謝の意を表したい。次に、第二章「カーヴァーが文章を書いていた場所」(青山　南)は、作家カーヴァーと編集者リッシュとの不思議な関係の真相に迫るエッセイで、ふたりの「二人羽織」的関係が浮き彫りにされている。第三章「カーヴァーが言い残したこと」(篠原　一)では、物語が消滅した現代を大量生産型カメラでスナップショット的に描いていたカーヴァーが、最晩年の作品、「使い走り」ではいかにも物語らしい場面をテーマにしている点に注目し、彼が作家として次のステップに移行しようとしていたのではないかと問いかけている。

第四章「ア　チャイルド　ハップンズ」（後藤和彦）は、「思い通りにならないのが人生だ」という、子を持つことで初めて得る啓示を得て作家になったカーヴァーを、自分に当てはめてみることが本当のカーヴァー体験だと指摘している。第五章「カーヴァーの詩学」（渡辺信二）では、愛の詩人であるカーヴァーが愛について語るとき、それは愛の欠如についてであったとし、詩が極めて個人的であることを謳歌する詩人カーヴァーを描いている。

第六章の拙論「大地に吹く風」は、少々異色ではあるが、カーヴァーの閉塞的世界をネイティヴ・アメリカンの世界に結びつけたものである。第七章「コロスは殺せない」（三浦玲一）は、「大聖堂」における身体的コミュニケーションについて分析したエッセイ。これはまたさらに、クイア・リーディング（同性愛の視点からの作品解釈）の可能性へと発展する。第八章「愛すればこそ、などと言ってみることも」（平石貴樹）は、アルコール依存症が普遍的に人の無力感と孤独を象徴しているという観点から「シェフの家」を論じている。

第九章「『ショート・カッツ』への最短距離」（巽　孝之）は、カーヴァー作品のいくつかをつなぎ合わせたロバート・アルトマン監督の『ショート・カッツ』を論じたもので、アルトマンはカーヴァーの本質を、スモールタウンのみならずアメリカ合衆国規模に及ぶ大きな物語として解釈しているとしている。第一〇章「ケーキを食べた男」（柴田元幸）は、カーヴァーの「ユーモア」というちょっと意外な側面について論じているが、ここで問題にされているのは、彼にとってなぜ「食べること」が、それほどまでに中心的な位置を占めているのかという点である。そして、最終章「9・11/虹を超えて」(千石英世)は、「9・11」の出来事に始まり、それがトマス・ピンチョン的であり、またカーヴァー的でもあるという壮大なスケールのエッセイである。

以上、本書に執筆をお願いしたかたがたには、特にこちらから注文をつけることなく、自由な発想で書いてもらった。四つのセクションに分かれているのは、編者が後で便宜上分類したに過ぎない。

最初にも触れたように、八〇年代、カーヴァーは「ミニマリズム」という枠の中で捉えられようとしていた。そのことに対して、賛否両論飛び交っていたように記憶している。そのこと自体を今さらここでどうこう言うつもりはない。その結論を出そうとも思わない。ただ、カーヴァーはもはやそういった次元で語られる作家ではないように思う。ミニマリズムであれ何であれ、そうしたカテゴリーに入れることができない存在になっているような気がする。カーヴァーはカーヴァー独自の世界を築き上げたと思う。言い換えれば、カーヴァーはカーヴァーとして読まれる域に達したのだ。正確に言えば、彼がその域に達したのではなく、読者のほうがやっとそのことに気づくようになったというべきだろう。だから今こそこう言おう。レイ、僕らと話そう!

二〇〇三年八月

レイ、ぼくらと話そう

レイモンド・カーヴァー論集

目次

レイ、ぼくらと話そう

レイモンド・カーヴァー論集

僕の人生も、そして死も、そんな風にシンプルだといいなと想う。

（「橋げた」より）

Ⅰ 仕事

結局のところ、ベストを尽くしたという満足感、精一杯働いたというあかし、我々が墓の中にまで持っていけるのはそれだけなのである。

（「書くことについて」より）

1

信じられる世界を書く　インタヴュー

聞き手　ラリイ・マキャフリイ&シンダ・グレゴリー　鈴木淑美訳

ラリイ・マキャフリイ（LM）　『ファイアズ』に収めたエッセイでは、こんなふうに書いていますね。「小説を書くには、作家は意味を見出せる世界に住んでいなければならない。価値を信じ、狙いを定め、そしてそこについて正確に書くことができる世界、ともかく当面は揺るぐことがないだろうと思える世界に。しかも、その世界には本質的に『正しさ』がある、と確信がもてなければならない」。長編小説が一本書けるだけの想像世界を確立できるところまで、物理的にも心理的にも、自分の世界の「正しさ」が信じられるように

――なった、と考えていいですか?

レイモンド・カーヴァー(RC) 実感として、そういう地点までたどり着いた感じですね。自分の人生は、昔と一八〇度変わりました。今では、人生がずっとはっきりみえている気がします。混沌とした絶望を感じながら――ええ、実際そうでした――小説を書こうとするなんて、前はほとんど想像できなかった。今なら希望をもてます。でも当時はそんなものなかった――確たる希望というものはなかったんです。今なら、世界は自分にとって明日も今日と同じように存在する、と信じられます。しかし、前はそう思えなかったんです。長いこと、他人の力よりも、自分の経験を頼りに生きるクセがついてしまい、アルコール中毒のおかげで、自分自身もまわりの人たちも、にっちもさっちもいかない状態でした。アルコールを断って第二の人生に入った今でも、ある種の悲観主義があとを引いている気がします。それでもやはり、この世が素晴らしいと信じられるし、この世に愛情を抱いています。ええ、もちろん電子レンジやジェット機、贅沢な車の話とは違いますよ。

『大聖堂』での方向転換

――シンダ・グレゴリー(SG) この世が素晴らしいと信じ、愛情を抱いている、ということの心境の変化は、『大聖堂』に収められている短編、とくに同タイトルの短編にはっきり

――うかがえますね。

RC 「大聖堂」は、新しい世界を開くプロセスといっていいでしょう。「大聖堂」は以前に書いたどの作品よりも大きく、スケールの大きな短編でした。あの短編を書き始めたとき、人間としても芸術面でも、かつて自分自身を封じこめていたものから抜け出そうとしているんだという感じがありました。『愛について語るときに我々の語ること』で踏み出していた方向には、これ以上進めなかったのです。しようと思ったらできたかもしれないけれど、その気にならなくて。短編の中には、濃度が物足りないものもあったもので。あの本が出てから、何も書く気になれず、実際に文字通り、手紙以外は何も書かずに五、六ヶ月すごしていたんです。ですから、ようやくまた机に向かって書き始め、あの作品、「大聖堂」ができたときは、本当に嬉しかったな。前には、あんなふうに書いたことがなかったなんて思って。自由に書けるようになり、以前のような制約を自分に課す必要がなくなったというか。この短編集のために書いた最後の作品が「熱」ですが、長さはこれまでで一番で、ものの見方も肯定的で、ポジティヴ。でも、短編集全体としては、そうとはいえないでしょう。次の本もまた、同じ路線にはいきませんよ。

LM わりと突然に、その自分の気持の変化に気がついた、というわけですが、これは、あなたのような作家にとって、どのような意味があったのでしょう？ 以前の作品ではあきらめや感情的動揺、絶望がヴィジョンの大部分を占めていました。が、今では、書きに

——くいと？

RC そんなことはないですね。想像力への扉を開いて——キーツが「魔法の窓」と呼んだ窓ごしに外を見なければならない場合は、絶望感がどんなだったか思い出し、味わい、手ざわりを確かめればいいんですから。自分にとって意味の深い感情経験というものは、現実に私生活の環境が変わったとしても少しも色あせず、いつでも書けます。物理的環境や精神状態が変わったからといって、以前の短編で書いたことが今わからないはずはないでしょう。そのつもりになれば、前作品にしたことをやり直すこともできます。が、どうしてもそれだけを書かねば、という切迫感はないような気がします。こじゃれた新興開発地、ここフォーシーズンズ・ランチでの生活について書きたいという気もおこりません。『大聖堂』を見てみると、今でも関心の深い〈別の生活〉を取り上げた短編が多いと思うかもしれませんが、全部が全部そうでもないんです。だから、この本は違って感じられるんでしょうね。

——**LM** たとえば、「ささやかだけれど、役にたつこと」(『大聖堂』)と、前のヴァージョン「風呂」(『愛について語るときに我々の語ること』)を比べると、その違いがはっきりみえてきそうです。この二作はどうみても根本から違います。

RC 確かに、「ささやかだけれど、役にたつこと」ははるかに楽天的ですね。自分の頭の中では、この二つは同じ短編の別ヴァージョンというよりも、実は全く別の作品です。源が同じだったのが不思議なくらい。他の作品でもよくあることですが、この短編にもう一度戻ったのは、未完成だからもっと手をかける必要がある、と思ったからでした。この短編はもとからこういう形ではなかった。人が脅威を感じるものを強調したくて、「風呂」でさんざんいじりまわし、圧縮したりしました。パン屋の日々の仕事や、電話のベル、電話口で聞こえる恐ろしい声、風呂といったものです。しかし、まだ全部は書ききっていない気がしていました。それで、『大聖堂』の他の短編を書きながら、「風呂」に戻り、どの部分にもっと力を入れ、どこを描き直し、想像し直すべきか考えたんです。そうして書き直したら、ずっとよくなっていて、自分でもびっくりしてしまいました。「風呂」のほうが好きだ、という人もいます。あれもいいできですが、自分としては、「ささやかだけれど、役に立つこと」のほうがそれより上ですね。

短編と詩と

――SG　さて、ずっと短編に集中してこられたのに、詩を書こうと思われたのはどうしてですか？

RC　ポートアンジェレスに出てきた当時は、シラキュースで取りかかっていた長編を完成させるつもりでした。しかしここにきてから五、六日は、これといって何もせず、静かな平和を満喫していました。（テレビもラジオもなくて）シラキュースでは集中できなかったのでこの変化は、嬉しかったですね。こんなふうに五日たった後、あるとき詩を読んでいて、そして夜、気がむいて詩を一つ書いてみました。二年かそこら、詩は書いていなかったんですよ。実は、詩を書かなかったこと、というより、長い間詩作について真面目に考えもしなかったことを内心悔やんでいました。たとえば『大聖堂』に収めた短編の執筆中は、頭に銃をつきつけられても、詩なんか一篇も書けない、と思っていました。テスの作品以外は、読みもしなかった。とにかく、その夜初めての詩を書いて、翌朝起きるとまたすぐ新しい詩を、次の日にさらに一篇、こんなふうにしてちょうど一〇週間がたちました。このときできた詩は、驚くべきエネルギーのほとばしりから生まれたみたいでした。自分がすっかり空っぽで、すべて出しつくしてしまった感じでした。次の朝には何も残ってないんじゃないか、そんな気もしていました。ところが実際朝になると、やはり残っていて、井戸の水は枯れていませんでした。それで起きて、コーヒーを飲んで、机に向かってまた詩を書く。まるで身体が揺さぶられてポケットの鍵が全部床に散らばったような感じでした。この二ヶ月ほど、書くという行為で喜びを覚えたことはなかったですね。

──**LM** 詩と短編と、ジャンルを行ったり来たりして、やりにくいなと思われたことはありますか？　作品を作るプロセスは違いますか？

RC　二つのジャンルをこなすのが難しいと思ったことはないですが、二つのジャンルでこんなふうに仕事をしたことがない場合は、やりにくかったかもしれません。実際に、効果と構成方法では、短編と長編よりも、短編と詩の距離のほうが近いと思い、そう述べてきました。短編と詩では共通点が多いのです。目的もそう、言葉と感情を圧縮する点や、効果を上げるために十分注意を払い抑制しなければならない点でもそう。自分としては、短編も詩も、書くプロセスにそれほど違いはありません。短編もエッセイも、詩、映画脚本も、書くものはどれももとは同じ泉、同じ源です。書こうと腹を決めたら、文字通り、一文一行から書き始めます。詩でも短編でも、最初の一行が頭の中になければ書けないんです。あとになると、他はすべて変わってしまいますが、一行めはたいてい最初のまま残ります。この出だしの一行に突き動かされて二行めが生まれ、こうしているうちに勢いがつき、方向が定まっていくのです。自分の場合は何回も書き直し、行きつ戻りつしてたっぷり推敲することが多いですね。書き直しはいやではありません。むしろ好きかな。ドン・ホールは、新しい詩集を作る際、数年かけて、詩を書いては推敲するんです。一五〇回推敲したものもあるそうですよ。それほど強迫観念にかられてやっているわけではありませんが、自分も何度も手直しすることは確かです。友人たちは、こんなふうに詩ができることに少々半信半疑らしいです。詩はこんなスピードで書けるとも、書くべきだとも思ってないようです。ただ、実際に書いてみせるしかできませんけど。

——**SG**　『ファイアズ』のエッセイで、作品について最も明確なポイントをぴたりといい当てていますね。「詩であれ、短編であれ、あたりまえの言葉を使ってあたりまえの物事について書き、これらの事柄――椅子、窓のカーテン、フォーク、石、婦人のイアリング――に無限の驚くべき力を与えることができる」。作品によって違うとは思いますが、これら平凡な物事にどんなふうに力や重みを与えていくのですか。

RC 生き方でも、考え方、書き方でも、自分はレトリックを使ったり抽象化したりするたちではありません。人物について書くなら、できるだけわかりやすい背景におきたいと考えるのです。テレビやテーブル、机の上のフェルトペン等を背景にもちこむこともその一つでしょう。しかし、場面にこうしたものを取りいれるとして、それがただの無生物ではいけません。それ自体に生命をもたせよ、という意味ではなく、ある意味で、存在が感じられるようにすべきだ、ということです。スプーン、椅子、テレビを描くとしたら、ただ場面に放りこんでそのままにせず、何らかの重要性を与え、周囲と関係づけていくこと。作品の中で、何らかの役割を果たすようにするわけです。人物と同じ意味で「登場人物（キャラクター）」とはいえないにしても、実際そこに存在しているわけで、読者には、それがそこにあることを気づいてもらいたい。この灰皿がここにあること、テレビがそこにあること（スイッチが入っているか、いないかも）、暖炉には昔ながらの飲み物の缶があることを。

――**SG** 短編や詩の、長編にはない魅力とは？

RC まず、文芸雑誌があれば必ず詩から読むほうです。次に短編ですね。他のもの、エッセイや書評などは滅多に読みません。ですから、形式、詩と短編の簡潔な形式に魅力を感じたといえるでしょう。それに、詩や短編は妥当な期間で仕上げられるかな、と。作家としてスタートを切った当時は、かなりばたばたしており、毎日気が散る事やらうんざりする雑用やら、家族に対するつとめやらを抱えていました。ちょっとしたことで生活のパターンが崩れる心配があったので、ちゃんと最後までやり遂げられそうなこと、つまり短い時間でぱぱっと終わるようなことをやりたい、と考えました。先ほど話題に出ましたが、詩と短編は形式も内容もかなり似通っているように思え、やってみたいものにも近かったので、当初からこの二つのジャンルをすんなり行き来できました。

LM　詩の技巧を練り上げていったとき、尊敬して何度も読んだ詩人、影響を受けた詩人というと、誰になるでしょう？　屋外の設定が多い点ではジェイムズ・ディッキーが思い出されますが、影響としてはウィリアム・カーロス・ウィリアムズのほうが大きいようにも感じます。

RC　ウィリアムズには大きな影響を受けました。自分にとって最大のヒーローでした。詩を書き始めた頃、ウィリアムズの詩を読んでいたのですが、一度、大胆にも手紙を書いたことがあります。シカゴ州立大学で創刊した『セレクション』という小雑誌に一篇寄せていただけないか、とお願いしたのです。雑誌は三号くらいまで出したでしょうか。自分が編集したのは創刊号でし

た。はたして、ウィリアム・カーロス・ウィリアムズは詩をよこしてくれたのです。署名を見たときは、ぞくぞくしたりびっくりしたり。そのときの気持は、そんな言葉では表わせませんよ。それに比べるとディッキーにはあまり影響を受けませんでした。詩を書き始めた六〇年代初期はディッキーが最盛期にかかる頃だったのですけれどね。クリーリーの詩も好きです。後になって、ロバート・ブライ、ドン・ホール、ゴールウェイ・キネル、ジェイムズ・ライト、ディック・ヒューゴ、ゲイリー・スナイダー、アーチー・アモンズ、マーウィン、テッド・ヒューズも。書き始めた当時は、実際には何もわかっていなかったのです。与えられた詩をちょっと読んだだけで、知的すぎる詩――形而上詩とか――の良さはわからずじまいでした。

短編の美学

――SG　作品を読むと、刈り込まれたという印象を受けます。特に『大聖堂』前の作品では。進化してこうなったのでしょうか、それとももともとのものですか?

RC　もともと、一から始めるのと同じくらい、書き直すのが好きでした。文章をいくつか抜き出してもてあそんだり書き直したり、むだな部分がないところまで切り詰めたり、いつでも楽しんでしまいます。ジョン・ガードナーの教えを受けた結果かもしれません。あの言葉は、ぴんときました――「二〇、三〇の言葉を使うよりも、一五語で表わせるならば、一五語で表わしなさい」。啓示を受けたような衝撃でした。自分なりに手探りしていた状態でしたが、その一方、人に教えられ、そうこうして前からやりたかったことにぴたっとつながったのです。そこで先に書いた詩に立ち戻り、言葉や内容を練り上げて不必要な部分を削ることは、しごく自然でした。二、三日前フロベールの書簡を読んでいたら、自分の考える持論にかなり近いことが書いてありました。『ボヴァリー夫人』の執筆中、夜中や朝に文章を削ったり、この本の構成や、文学論全般について愛人のルイーズ・コレットに手紙を書いたりしています。特に印象深かったのは、こんなくだりでした。「作品において、芸術家は、天地を創造する神のようでなければならない。我々の目には見えないが全能であり、どこにいても存在が感じられるが、姿はどこにも見えない、というように」。特に最後の部分がいいでしょう。他にも、『ボヴァリー夫人』を雑誌で何回かに分けて発表する際、雑誌編集者に宛てた手紙で、興味深いコメントがあります。編集者のほうでは、『ボヴァリー夫人』をあちこちカットして連載するつもりでした。原文通り発表したら、政府に差しとめられるのではないかと怖れたんです。フロベールは、カットするなら発表しない、しかし今後もこれまで同様に友人だよ、と書いていました。手紙の最後の部分はこう——「私には、文学と文芸ビジネスの区別がつけられる」。ああ、そうだ、と頷いてしまいました。この編集者とのやりとりでも、文章を読むとまさに目から鱗です。「散文は一方の端からもう一方へ直立していないといけない。壁の装飾が土台まで切れ目がないのと同じ」。「散文とは建築」。「いずれも、距離を置いて淡々と書くべき」。「先週は一ページに五日かかった」。フロベールの本で面白いのは、彼が非常に意識して、他と違う特別なことを散文で始めようとした様子がわかる点です。フロベールは、それを一つの芸術形式にしようと意識していました。『ボヴァリー夫人』が発表された一八五五年に、ヨーロッパで他にどんな作品が発表されたかを見れば、素晴らしさがはっきりわかります。

――**LM** ジョン・ガードナーのほかに、短編を書く際の感覚に当初から影響を受けた作家はいますか？ ヘミングウェイがまず思いつくのですが。

RC 間違いなく、ヘミングウェイには影響を受けました。大学に入るまで、ヘミングウェイを読んだことがなく、しかも読んだ本がはずれで（『河を渡って木立の中へ』）、あまり好きになれませんでした。ところが、少し後になって『われらの時代に』を読み、舌を巻きました。これだ！ と思った覚えがあります。こんな散文が書ければ、仕事をしたといえるんじゃないか、と。

――**LM** エッセイでは、小細工めいた文学的技巧に対して異論を唱えていましたが、実のところ、あなたの作品もヘミングウェイと同じ意味で実験的だと思えます。まっとうといえる文学的実験性とそうでないものの違いは、どこにあるのでしょう？

RC インテリぶろうかとか、ただ複雑にしようとかして、技巧そのものに注意を引きつけるたぐいには反対です。今朝『パブリッシャーズ・ウィークリー』を読んでいたら、翌春出版される小説の書評が出ていましたが、まるで一貫性がなく、人生にも自分の知っている文学にも無関係な事柄ばかりが詰めこまれた作品で、死ぬほどの拷問にあいでもしない限り絶対読むまい、と思いましたね。作家は自分の小説を見失ってはいけない。テクスチャーだけで血肉のない作品には、興味がもてません。流行遅れかもしれないけれど、読者は人間として作品の中に巻きこまれる必要がある、と思うのです。作家と読者の間には、やはり何かしらのルールが存在しているし、もしそう言いきれないとしても、存在しているべきなんです。書くことは、いかなる形の芸術的努力もそうですが、単なる表現ではなく、コミュニケーションなのです。作家が何かを伝えたいと本心から思わなければ、そして表現するだけで満足なら、それもうまく表現する努力をしないなら、街角に出ていって大声で叫べば十分でしょう。短編や長編、詩は、感情にどんどん耐えてパンチを繰り出していかなければ。作品は、このパンチがどれだけ強いか、何回打たれたかで決まります。勝手な自己満足にすぎないパンチはいいと思えませんね。そんな作品はもみがらみたいなもので、まともな風が吹いてきた途端、あっけなく飛んでいってしまうでしょう。

短編のユニークさ

――SG　あなたの短編が伝統的といえないのは、一つには、古典的な作品の「型」、つまり多くの小説にみられる起承転結の構造がなく、静的あるいは曖昧で、いくつもの解釈がで

——きる点です。従来の枠組では描こうとする経験が書ききれない、ということですか。

RC　自分が書いている人物と状況について、作品の中で物事をきちんと解決していくのがいいとは思わないんです。そんなことは不可能でしょう。作家が、意図や効果という点で自分と反対の作家に憧れることはよくあることかもしれませんが、実際、自分としても葛藤・解決・大団円という古典的様式にのっとって展開する小説を読むとため息が出ますね。こういう小説を素晴らしいと思い、少々羨ましくなることもあります。しかし、自分には書けません。作家の仕事は、もしあるならば、結論や解答を出すことではないと思うんです。小説が自らに、つまり問題や葛藤に答えるならば、自らの求めに応じるならば、それで十分です。とはいえ自分の読者が、はぐらかされた感じにならないように、とは考えます。作家は読者を満足させるだけのものを提供しなければならない。たとえ、「これ」という答えやはっきりした解決ではないにしても、です。

——LM　もう一つあなたの作品が他と違う点ですが、大半の作家が通常扱わない人物、つまり基本的にはっきり意見をいわない人、自分の状況を言葉にできない人、自分に起こっていることがつかめきれないような人たちがよく登場します。

RC　とくに「他と違う」、伝統的でないとは思わないんですよ。作品に取り組んでいるとき、描いていて、いささかも違和感がないのです。生まれてこのかた、この人たちのことはよくわかっています。何より、自分自身が同じように、混乱してどうしたらいいか頭を抱えているばかりの人間です。育った環境もそうです。そしてこういう人たちと一緒に働き、何年間もともに生計を立ててきました。大学生活とか、教師や学生とかが出てくるような短編や詩を書くことには、これまで全然関心がもてませんでした。理屈でなく、とにかく興味が湧かないんです。自分にとって、消せないほどの影響を受けたのは、自身やまわりの生活の中で、実際この目で見たものです。昼でも夜でも、誰かがドアをノックすると、あるいは電話が鳴ると、みな本当にびくっとするのです。どうして家賃を捻出するか、冷蔵庫がだめになったらどうしたらいいか、わからない。アナトール・ブロイヤードは、「保存されたもの」を非難して、「冷蔵庫が故障したというなら——修理屋を呼んで直させたらいいではないか？」といっていますが、この種のコメントはまるでわかってません。修理屋を連れてきて冷蔵庫の修理をしてもらおうとすれば、直すのに六〇ドルかかります。修理不可能なまで壊れてしまったら、どんなにかかるか見当もつかないんですよ。ブロイヤードには想像できないかもしれませんが、六〇ドルもかかるなら修理屋を呼べないという人もいるのです。保険をかけていないから医者に行けない人がいるのと同じように。歯科医の診察を受けたくても、その余裕がないから虫歯が悪化する人もいる。こういう状況は、自分にとって現実味があり、作りものとは感じないのです。これらの人々に焦点を当てて作品を書く場合、他の作家とそれほど違ったことをしているとは思いません。百年も前に、チェーホフは貧しい人々のことを書きました。短編作家はいつもそんなことをしてきたのです。チェーホフの作品がすべて落ちぶれた人たちを扱っているわけでなくても、今話題にしているような、貧しく悲惨な人たちを取り上げた作品はかなりの数に上ります。たしかに医者、ビジネスマン、教師も登場させていますが、他であまり意見を口にしない人たちにも話をさせています。意見を自由に語らせる手段を見つけたのです。ですから、自分の考えをはっきりいえない人たち、混乱し不安にかられている人たちについて書いたといっても、根本的に違うことをしたことにはならないのでは。

SG　あなたの作品は、たいていリアリスティックな面が強調されていますが、しかし基本的な性質はリアリスティックでないような気がします。ページの外で何かが起こっているような、不条理なものの幻覚を感じる、というのでしょうか、カフカの短編と通じますが。

RC　自分の短編は、おそらくリアリズムの伝統に属するのでしょう。しかし、ただ現実をそのまま語るだけでは面白くない。実際、退屈されるだけです。自分が現実に話す様子や、自分の生活で現実に起こっているありふれた出来事について書かれても、誰もまともに読んでくれません。すぐ飽きてしまうでしょう。よく見れば、自分の短編の登場人物が実生活と同じ話し方をしていない、とわかってもらえるのでは。ヘミングウェイは対話を聴くのがうまかったといわれます。実際そうでした。しかし実生活では、ヘミングウェイの短編のように語る人はいません。それは、ヘミングウェイを読んでからそんな話し方になる人はいるかもしれないけれど。

過去現在

——**LM**　六〇、七〇年代、アルコール中毒で苦しんだ頃のことにふれていますが、今ふりかえってみて、この経験は作品に生きているでしょうか？

RC　もちろん、アルコール中毒に関する作品、数篇に役立ちました。ところが、こんな経験をして、こうした小説が書けたという事実は、奇跡以外の何ものでもありません。そう、アルコール中毒の経験から得たものは、浪費と苦痛、悲嘆だけです。まわりの人々全員にとってもそうでした。一〇年間刑務所暮らしをしたとして、出所してから刑務所経験について書く、というのでもなければ、ろくなことにならないでしょう。リチャード・ニクソンが弾劾されるというとき、刑務所と執筆云々の冗談を飛ばしましたが、刑務所生活はやはり作家にとって、最高のものではない。こう断言すべきです。

——**LM**　では、AA（アルコール中毒者更正会）集会で語られる告白を作品の出発点として使ったことはない、と？

RC　ええ、一度もないです。AA集会ではいろいろな話を聴きますが、その場でほとんど忘れてしまいます。まあ、二、三は思い出しますけれど、小説の素材として使いたいと思うくらい印象的だったものはありません。間違っても、作品の素材になるかも、と期待して集会に行ったことはないですね。作品がアルコール中毒に関係がある、という程度のことなら、集会で愉快な話、正気の沙汰ではない話、悲しい話を聴いたから、というよりも、自分自身の経験がもとになっています。今では、もう十分アルコールのことは書いた気になっているもので、また別のを書こうとは思いません。といってもこれからどんな小説を書こうか、とあらかじめ頭の中で割り当てを決めているわけではなく、そろそろ他の話題に移ろうか、ということです。

——SG　また屋外や自然について書く予定はありますか？　最近こうした作品は減っているように感じますが。

RC　ものを書き始めたのは、狩りや釣りなど、実際の感情生活に少なからぬ役割を果たす事柄について書きたい、という気持があったからでした。現に自然については、初期の詩や短編で書いています。『怒りの季節』に収めた短編は多くがそうですし、『頼むから静かにしてくれ』にもそういう作品があります。詩でも何度も書いてきました。そのうち自然との結びつきが失われていったらしく、近頃の短編ではあまり舞台を屋外にしなくなりました——でもそのうちまた書くだろうとは思っていましたよ。最近は、屋外に設定した詩がまた増えています。たとえば水であり、月、山並み、空を描くわけですが、マンハッタンの人たちが読んだら笑うでしょうね。潮や森の話、魚が食いつくかどうかなんてことは。短編でも、こういうことをまた取り上げる予定です。周囲の物事についてここ数年はできなかったのに、今ではただちに共感できます。当時は詩を書いていましたが、あるときたまたま、こうしたものが詩で表現できるようになったのです。

もし長編や短編を書こうとしていたら、同じように、築き直してきた周囲とのつながりが作品に現われたことでしょう。

――**SG** 現代作家で、尊敬したり自分に近いと感じたりする人は誰ですか。

RC たくさんいますよ。ちょうどエドナ・オブライエンの選集『狂信的な心』を読み終わったところですが、彼女は素晴らしい。トバイアス・ウルフ、ボビー・アン・メイスン、アン・ビーティー、ジョイ・ウィリアムズ、リチャード・フォード、エレン・ギリクリスト、ビル・キトレッジ、アリス・マンロー、フレデリック・バーセルミも。バリー・ハナの短編も好き。ジョイス・キャロル・オーツとジョン・アップダイクもいいし、他にもたくさんいます。今は、現役でものを書くには恵まれた時代ですね。

＊このインタヴューは、Larry McCaffery and Sinda Gregory. *Alive and Writing: Interviews with American Authors of the 1980s* (Urbana: U of Illinois P, 1987) に収められている "An Interview with Raymond Carver" (66-82) を、約三分の一省略して翻訳したものである。

2 カーヴァーが文章を書いていた場所

青山　南

1

昔話になって恐縮だが、あとでする話におおいに関係してくるので、させていただくと、一九八二年に日本のいまはなくなった文芸雑誌『海』がレイモンド・カーヴァーの特集を村上春樹の翻訳でおこなったとき、編集の安原顯（後の「天才ヤスケン」である）が電話をよこして、カーヴァーの写真と、その他、資料があったら貸してくれないか、と言ってきた。ぼくがなにか持っていそうだと考えたのは、そのしばらく前にこれまたいまはなくなった雑誌『ハッピーエンド通信』にカーヴァーの『お願いだから静かにしてくれないか』についてぼくが紹介の記事を書いていたからで、そのころ外国の作家の充実した特集をたびたびやっていた『海』は特集ページの扉に作家の顔写真をつかうのが常だったので、連絡をとってきたのである。

あまりいい写真はないんですが、ひとつ、ピントがボケボケのが一枚あります。

そんなことを言うと、それでいい、つかえるかどうかは見てから決める、と安原は言った。ぼくが持っていたのは『ニューヨーク・タイムズ・ブックレビュー』に載っていたもので、こっちに向かって大股で歩いてくるカーヴァーの全身像を撮った写真だった。

村上は、『海』のその特集で翻訳したものにさらにいくつかを加えて、その翌年の一九八三年、『ぼくが電話をかけている場所』を刊行した。カーヴァーの日本では最初の翻訳単行本である。そのあとがきには、「テキストをお貸し頂いた」ことについて志村正雄と高橋源一郎に、「資料をお貸し頂いた」ことについてぼくに感謝の言葉が記されているが、ぼくが貸した資料とはそのあとがきのなかでたくさん引用されている「ストーリー・テラーのうちあけ話」なるエッセイで、これも『ニューヨーク・タイムズ・ブックレビュー』に載っていたものである。(1)写真といっしょに安原にあずけた（いまなお返却されていない）ものだ。

村上は、このエッセイについては、「文章としてはとくに面白いというほどのものではない」と感想を述べつつも、かなりひっかかったところがあった様子で、「どちらかというと平板で防禦的で硬直しているような印象さえ受ける」とつづけたあと、つぎのように書いている。

「この人は経歴をはじめとして、プライヴェートな部分をなるべく押し隠そうという性向があるのか、感情表現が妙にポキポキと折れ曲がっている。しかし、それが『小説』というひとつのシチュエーションを与えられると、そこに不思議なリアリティーとリズムが生じるのである」

経歴の謎については冒頭でこう書いていたのだ。

「短篇集『愛について語ろうとする時我々が語ること』（*What We Talk About When We Talk About Love*）のカヴァーの解説によれば、レイモンド・カーヴァーは一九三九年にオレゴン州のクラッカニーで生まれたことになっている。一方バンタムのアンソロジー『West Coast Fictions』の解説では一九三八年生まれになっている。どちらが正しいのかはよくわからない。／彼のその後の経歴についても、詳しいことはわからない。学歴・職歴も不明である」

カーヴァーの作品がもつ不思議な感触は、村上の精力的な翻訳のおかげでいまではもうすっかりおなじみのものになっているが、『ぼくが電話をかけている場所』の翻訳を出した一九八三年の初紹介の時点では、作品のもつ不思議さがあまりにも圧倒的だったゆえ、経歴までもが謎めいて見えていたということである。

だって、生年や学歴や職歴がはっきりしないのはいろんな作家によくあることでべつだん珍しくないし、まして、登場してまもない作家にかんするデータが不正確なのはしょっちゅうだからである。そんなことは村上だって百も承知のはずだから、経歴の謎に言及したのは、作品の謎めいた雰囲気にひっぱられてのことだったろう。村上は、前年の一九八二年に『羊をめぐる冒険』を出し、「seek and find」を創作のキーワードのようにしてよく語っていた。村上の読者は、この経歴の謎についての「カーヴァーをめぐる冒険」的な書き方に「seek and find」の残響を聞きとり、印象を強くしていたはずである。

じっさい、『海』の安原が、カーヴァーの写真を貸してくれないか、とぼくに言ってきたのも、写真がなかなか簡単には見つからなかったからで、あるならばぜひ載せたい、というきわめてジャーナリスティックな企みがはたらいてのことだった。すわ、サリンジャーやピンチョンにつづく顔のない謎の作家の登場か！　とちょっとばかし色めきたったわけである。

村上は、カーヴァーの作品の不思議さについては、「いかにもといった『トリック』や『おち』がないことだと思う」と言い、なにしろこういう書き方なのだから、とカーヴァーの小説作法をさっきのエッセイからさらに引用して紹介している。

「かつて私がかなり出来の良い短篇を書いた時、最初私の頭の中には出だしの一行しか浮かばなかった。何日間か私はその一行を頭の中でこねくりまわした。『電話のベルが鳴った時、彼はちょうど電気掃除機をかけているところだった』という文章である。私はこの一行の中にはストーリーがつまっていて、外に向けて語られたがっている、と思った。私はそこには物語があると骨の髄にまで感じた。時間さえあれば、それを書くことができるのだ。そして私は時間をみつけた。まる一日あればいい。一二時間か一五時間でもいい。うまくやれば、それで間にあう。私はそれで、朝机に向い、最初の一行を書く。それにつづく文章が次から次へと浮かんでくる。私は詩を書くのと同じようなかんじで短編を書く。一行ができて、その次の行が浮かぶ。まもなく物語が見えてくる。それは私がずっと書きたいと望んでいた私の物語である」

そして村上は「最初に全体のストラクチュアが存在しないわけだから、『おち』(カーヴァーの表現を借りればcheap-trick)の持ちこみようもないのである」と解説をつけている。

しかし、経歴が謎めいて見えたのは、作品の不思議な雰囲気のせいだけではなかった。村上は、あとがきの最後で、付け足しのようなかたちで、もうひとつの謎について書いている。

「なおカーヴァーという人はかなり奇妙な執筆作業をする人で、ひとつの物語をリライトして短くしたり長くしたりという例が多い。ここに収められた作品を例にとると、『足もとに流れる深い川』はこれが長い方の版で、カーヴァーはこれをのちに『愛について……』の中で短く書きなおしている。短い方では妻は最後に夫の要求にこたえてセックスをしようとする。どうしてカーヴァーがわざわざこんなふうに書きなおしたのか、僕にはよくわからない。というのは最初の版のほうがずっと面白くて、ずっとよく書けているからである。逆に『菓子袋』は短い版の方をとった。『足もと……』と同じように長い方は『怒りの季節』に収められているので、興味のある方は比較してみて頂きたい」

こういう「奇妙な執筆作業」がある以上は、経歴の謎がますます不思議に見えて当然だった。一九八三年、『ぼくが電話をかけている場所』の翻訳が出たとき、日本でのカーヴァーをめぐる状況はおおむねこんなかんじだったのである。カーヴァーは、その独特で奇妙で謎めいたかがやきが魅力だった。

2

村上の翻訳が出てからまもなく、高橋源一郎がカーヴァーの「奇妙な執筆作業」について書いている。当時の高橋がカーヴァーに関心があったことは、村上が『ぼくが電話をかけている場所』のあとがきで「テキストをお貸し頂いた」ことについて高橋に感謝していることからもはっきりうかがえるが、「奇妙な執筆作業」についての言及のしかたは高橋のほうがはるかに細かい。なにしろ、高橋はカーヴァーの新刊『大聖堂』を見ながら語っているので、村上より情報をいくぶんか余分に持っていたのである。

ここは大事なところなので、日付を整理しておこう。

一九八三年七月　『ぼくが電話をかけている場所』の村上春樹訳、刊行。

一九八三年九月　カーヴァーの第三短編集『大聖堂』、アメリカで刊行。

わずか二ヶ月のちがいだが、『大聖堂』でだんぜん明らかになったのはカーヴァーの「奇妙な執筆作業」そのものだった。だから、このことについて語るとしたら、『大聖堂』の現物をもっている者がおおいに深く語れるのである。

高橋は、「レイモンド・カーヴァーをアーヴィング・ハウがほめていた」というエッセイのなかで、批評家ハウの『大聖堂』の書評を紹介するかたちで、カーヴァーの「書き直し」、すなわち、奇妙な執筆作業について書いている。(2)

「ハウは保守派の論客として有名であり」、「『倫理』を欠いた作家を根本的に嫌っているのだな、という感じがする」のだが、そのかれが「カーヴァーへの強い共感を表明している。それ自体はどうってことがないのだけれど、問題なのは、ハウの共感がこの『大聖堂』という作品集にあらわれたカーヴァーの変化、とりわけ、『ア・スモール・グッド・シング』におけるカーヴァーの『回心』(というニュアンスでハウは書いている)にむけられているということだ」

ここでとりあげられている「ア・スモール・グッド・シング」とは、後の村上の訳では「ささやかだけれど、役にたつこと」となっているものである。それは、第二短編集『愛について語ろうとする時我々が語ること』に収録されていた「ザ・バース」(「風呂」)を書き直したもので、ハウに言わせると、カーヴァーの「回心」を示すものになっているというのだ。高橋によれば、ハウは両者のちがいをつぎのようにまとめている。

「『ア・スモール・グッド・シング』と、それの書き直し前のオリジナル・ヴァージョン『ザ・バース』には重大な相違点がある。『ザ・バース』は、ある若い夫婦が子供の誕生日のためにバースデイ・ケーキをパン屋に注文するところからはじまる。だが、誕生日の直前に子供は事故に遭ってしまい、死の床に就いている子供をなす術もなく見守っている両親の下に、まるで『悪の象徴』のように、ケーキを引きとるようパン屋からの電話が冷酷に鳴りつづける。

『ア・スモール・グッド・シング』は『ザ・バース』の三倍に引き伸ばされていて、一度終わったはずの物語が別の結末を求めて再開されるのだ。子供を失った両親は連れ立ってパン屋を訪れ、何が起こったのかをかれに告げる。怒りから悲しみ、そして和解へ。パン屋は両親に焼き上がったばかりのパンを差し出して言う。『食べるということはほんのささやかなことにすぎません（ア・スモール・グッド・シング）。でも、いまわたしたちにできるのはこれだけなんです』

そして両親とパン屋の三人は明け方までいっしょに話しつづけるのだった」

そして「ハウはオリジナル・ヴァージョンを、創作科の教授が喜びそうな『文学作品』であるとし、『ア・スモール・グッド・シング』を一流のシャーウッド・アンダスンと呼ぶなら、それは二流のヘミングウェイにすぎないと決めつけている」

高橋自身は、カーヴァーの「回心」にはがっかりした様子で、

「カーヴァーは『癒す力』に傾こうとしている。それはアメリカ文学全体をおおう大きな流れ

の変化であるような気がする。虚構を全面におしだし、人工的なものをつくりつづけてきた作家たちの声は、傷を『癒す』ことを求める大きな声にいまかき消されようとしているのだろうか」とつづけているが、こういう重大な「書き直し」が、一九八三年、日本でようやくカーヴァーの紹介が始まったのとほぼおなじときに、アメリカのほうでは起きてしまっていたのである。

そして、これが大事なのだが、この「書き直し」を契機に、高橋の言葉を借りれば、「本国であるアメリカでもその評価は急速に高まって」きた。

つまり、「回心」でカーヴァーがアメリカで評価をいよいよ高めはじめたというとき、日本では、またまた高橋の言葉を拝借すると、「すべてが宙づりの状態のままで終結する」スタイルの奇妙で謎めいた作家として、カーヴァーは村上によって紹介されはじめたのである。

このギャップに村上はさぞや当惑したにちがいない。おい、話がちがうぞ、とカーヴァーに文句のひとつも言いたかったはずである。カーヴァーのさまざまな不思議に引かれていた当時の村上は「すべてが宙づりの状態のままで終結する」スタイルの奇妙で謎めいた雰囲気に魅力は覚えこそすれ、「回心」になど興味はなかったはずである。

3

村上の訳した『ぼくが電話をかけている場所』は日本では好評を博した。もちろん、その奇妙で謎めいた雰囲気が魅力だったのだ。村上は、本国アメリカでのカーヴァーの「回心」など知らないかのように、一九八五年には二冊目の翻訳『夜になると鮭は……』を出した。もちろん、短い版や長い版から自由に作品を選びだした、いわば村上ヴァージョンとしてのカーヴァーである。

そして一九八八年、カーヴァー急死。

村上による三冊目の翻訳『ささやかだけれど、役にたつこと』は、まるで死を追悼するかのように、一九八九年に出た。「食べるということはほんのささやかなことにすぎません（ア・スモール・グッド・シング）。でも、いまわたしたちにできるのはこれだけなんです」という言葉が子供の死のあとに発せられたものであるのを思い出していただきたい。子供の死の代わりにカーヴァーの死がもってこられたようなかっこうである。急逝のあとの刊行には不気味なほどぴったりくるタイトルだった。考えすぎの素直な日本人の読者のなかには、この符合に、ほんと、カーヴァーってどこまでも奇妙だなあ、と思った者もきっといたことだろう。

しかし、『ささやかだけれど、役にたつこと』にはいっていたのは、「回心」以前のものがけっこう多かった。村上は「回心」にはいぜんとしてほとんど興味なかったのである。

4

一九八八年にガンで亡くなる直前、カーヴァーは自選短編集『ぼくが電話をかけている場所』を出した。いままでの短編集から選んだ三〇編に未収録の七編を加えたものである。それには「著者による序」がついていた。それを読むと、「回心」にひどくこだわっているカーヴァーの姿がくっきりと浮かんでくる。第三短編集『大聖堂』の刊行がいかに大事なことであったか、を熱っぽく語っているのだ。

「わたしは『大聖堂』を……そこから八編ここに収録した……一五ヶ月で書いた。しかし、それにとりかかるまでの二年間、気がつくといつもわたしはせっせとそれまでの作品を点検し、これからどんな小説をどんなふうに書くにせよ、自分はどういう方向へ進むつもりなのか見つけようとしていた。その前の『愛について語ろうとする時我々が語ること』は、いろいろな意味で、わたしの分岐点となった本だが、それは繰り返すのももう一度書くのもしたくない本だった。そこで、ひたすら待った。シラキューズ大学で教えた。詩を書き、書評を書き、エッセイをひとつふたつ書いた。すると、ある朝、なにかが起きたのだ。ぐっすり眠って目を覚ますと、机に行き、

『大聖堂』を書いた。これはちがう種類の小説になっている、まちがいない、とわたしにはわかった。やっとわたしは、じぶんの進みたい別な方向を見つけたのだった。そこでそっちへ進んだ。素早く」（青山訳）

『大聖堂』以前の作品と決別したがっているのがありありと伝わってくる文章である。なぜこんなにも必死に「別な方向」を探そうとしていたのか？「分岐点」となった本なのに、『愛について語ろうとする時我々が語ること』をほとんど嫌悪していたのはどうしてなのか？

はっきりしているのは、『大聖堂』は、カーヴァー自身が望んでいた「別な方向」への第一歩だったということだ。「回心」かどうかはわからない。しかし、ともかくそこでなにかが変わった。

そして一九八八年、カーヴァー急死。

村上は、翌年の一九八九年、さっきも書いた通り、『ささやかだけれど、役にたつこと』を刊行したが、そこにはいま引いた序の入ったカーヴァー自選の短編集『ぼくが電話をかけている場所』のなかの未収録の七編からも数編選んで収録している。村上はあくまでも村上ヴァージョンのカーヴァーを提出しつづけたのである。

タイトルがおなじなので話がややこしくなってきそうだから、ここからは、カーヴァー自選のは『Cぼくが電話をかけている場所』と、村上選のは『Mぼくが電話をかけている場所』と表記していく。

さて、『Cぼくが電話をかけている場所』だが、一九八九年、ペーパーバックが刊行された。ところが、このペーパーバック、ハードカヴァーと中身がちがっていた。いま引用して紹介した「著者による序」がすっぽりと削除されていたのである。『大聖堂』で自分が変わったことを報告した文章がきれいに消されていた。

じつを言うと、ぼくの手元にあるのはペーパーバックだけである。ハードカヴァーがどういう体裁のものだったかは、インターネットのオンライン書店アマゾンの古本情報を頼りにした。消えた「著者による序」は単行本未収録の文章を集めた『英雄詩はけっこう(No Heroics, Please)』にはいっていたので読めた。

しかし、なんで消えたのか?

ぼくの持っているペーパーバックには「編集者の注」というのがついていて、こう書いてある。「この選集のなかの小説は、おおむね、年代順に並べてある。多くは、この版のために、書き直されたし、いくつかは、タイトルも変えられた」

またか。またしても「奇妙な執筆作業」か、と少々うんざりさせられるが、この「編集者の注」は、はたして、ハードカヴァーにもはいっているものなのだろうか?

亡くなってもなお、カーヴァーには「奇妙な執筆作業」がつきまとう。どこまでもどこまでも不思議がついてまわる。

5

すべての謎がいっきに解けたのは一九九八年八月のことだった。『ニューヨーク・タイムズ・マガジン』にD・T・マックスによる「カーヴァー・クロニクルズ」が掲載されて、カーヴァーの編集者だったゴードン・リッシュとの関係が暴かれ、カーヴァーの原稿にリッシュがむちゃくちゃ手を入れていた事実が明るみに出されたのである。(3)

カーヴァーがせっせと「奇妙な執筆作業」に精を出していたのは、なんのことはない、リッシュが直したところを修復するためのものだったのだ。アーヴィング・ハウをホッとさせ、高橋源一郎をがっかりさせた、短い「ザ・バース」から長い「ア・スモール・グッド・シング」への書き直しは、じっさいは順序が逆で、もとのほうが長いもので、それをリッシュが三分の一にまで短くしていたのである。タイトルも、「ザ・バース」はリッシュがつけたもので、「ア・スモール・グッド・シング」がもとのものだった。

「ザ・バース」の不吉なエンディングが「ア・スモール・グッド・シング」の癒しのエンディングに変わったことを、ハウは「回心」のようにうけとめたが、これも事実は逆。もともとが癒しのエンディングだったものを、リッシュが不吉なエンディングに変えていたのである。

カーヴァーの多くの原稿へのリッシュの大胆な手の入れかたを細かくチェックしていったマックスは、カーヴァーの原稿にかならずといっていいくらいただよっているセンチメンタルな雰囲気をリッシュがきれいに消しているのに気がついた。

「カーヴァーの人物たちは心情を吐露する。後悔の念を語る。ひどい目にあうと泣く。しかし、リッシュの手にかかると、かれらは泣くのをやめる。感情をもつのをやめる」

マックスはそう書いている。うまい言い方だ。ほんとうは泣いている人間がリッシュによってむりやり泣くのをやめさせられる。後悔の念を語っている人間がリッシュによっていきなり沈黙を強いられる。こうなると作品にどういう効果がうまれるか。

前に紹介した高橋の言葉をふたたび拝借すると、「すべてが宙づりの状態のままで終結する」スタイルの奇妙で謎めいた作品ができあがる。そして、そういう作家として、カーヴァーは日本に村上によって紹介されはじめたのである。カーヴァーの不思議に引かれた読者とは、じつは、リッシュのつくりだす不思議に引かれていたのだ。

いや、そうではないか。厳密に言おう。カーヴァーの不思議とは、カーヴァーがリッシュによって歪められるところから生まれた不思議だったのである。

ふたりの付き合いは長かった。マックスの取材にこたえてリッシュが語ったところでは、ふたりが急速に親しくなったのは一九六九年頃だ。リッシュが『エスクァイア』に、自分を小説担当の編集に雇ってほしい、新しい声をきっと見つけるから、と強烈に売りこみをはかり、それが通ったのがその頃で、リッシュとしては、『エスクァイア』との約束を果たすべく、いろいろと策を練りはじめた矢先だったのである。当時、ふたりはカリフォルニアのパロアルトに住んでいて、飲み友だちだった。すでに詩や小説をぼちぼち書いていたカーヴァーにリッシュは作品を見せるようにと言い、原稿が送られてくるとがりがりと手を入れて、送り返した。当時のリッシュが模範にしていた作家はジェームズ・パーディ。いまなお活躍をつづける、その頃から実験的な作風で知られていた作家である。(比較的最近のパーディの作品は柴田元幸が編んだ英米の実験小説集『夜の姉妹団』に入っている)。

リッシュは、『エスクァイア』で仕事をはじめるや、あわただしく「ニュー・フィクション」なる看板を掲げて新しい声の誕生を演出し、早くも一九七三年には「ゴードン・リッシュ編」で、『われらの時代の秘密の生——「エスクァイア」のニュー・フィクション(The Secret Life of Our Times: New Fiction from Esquire)』を刊行した。『エスクァイア』には新しいスタイルの小説がこんなにもはいっているのだぞ、と主張するアンソロジーである。序文はトム・ウルフに書かせているが、これはじつにみごとな人選だ。なにしろ、おなじ一九七三年、ウルフは『ニュー・ジャーナリズム』なるノンフィクションのアンソロジーを出し、新しいスタイルのジャーナリズムがこんなにも登場してきたぞ、と主張していたところだったのだから。そこに収録された書き手も『エスクァイア』で活躍する者が少なくなかった。『エスクァイア』を見よ、ここには「ニュー・ジャーナリズム」と「ニュー・フィクション」がある、と、まあ、そういう気分を上手にもりあげたと言っていいだろう。リッシュは、まちがいなく、辣腕の編集者だった。(4)

『われらの時代の秘密の生』には、つぎのような作家たちの作品が入っていた。ブルース・ジェイ・フリードマン、ウィリアム・ハリソン、アラン・V・ヒューアット、ドン・デリーロ、ジェームズ・パーディ、デイヴィッド・クレーンズ、ジョイ・ウィリアムズ、ジェームズ・S・ラインボルド、ジョイス・キャロル・オーツ、バーナード・マラマッド、ジェイ・バンプス、ガブリエル・ガルシア・マルケス、トマス・ボントリー、ウラジミール・ナボコフ、デイヴィッド・ハドル、ホルヘ・ルイス・ボルヘス、A・B・イエーホーシャ、リチャード・ブローティガン、アール・トンプソン、ジョン・バース、ジョン・ガードナー、ゲイル・ゴドウィン、ジョン・デック、マイケル・ロジャーズ、ウィリアム・ハリスン、ロバート・ユーリアン、ジョン・アーヴィング、レイモンド・ケネディ、ヒルマ・ウォーリッツァー、そして、レイモンド・カーヴァー。

カーヴァーのは「隣人」と「なにか用かい？」である。「隣人」は一九七一年六月号に載ったもので、商業雑誌へのカーヴァーの初登場である。「なにか用かい？」は一九七二年五月号で、雑誌掲載時のタイトルは「この走行距離は本当なのかい？」。「隣人」にリッシュがどんなふうに手を入れたかは、いまでは、インターネット上で、ほんの一部だが、見ることができる。(5)このふたつは一九七六年に出た『お願いだから静かにしてくれないか』に収録されたが、「なにか用かい?」のほうは、亡くなる直前に出た『Cぼくが電話をかけている場所』で、カーヴァーの「奇妙な執筆作業」の結果、もとの「この走行距離は本当なのかい?」にもどされている。「なにか用かい?」はリッシュがつけたタイトルなのだ。

リッシュのカーヴァーの作品への手の入れかたの経緯については、マックスの記事を紹介するかたちで『アメリカ短編小説興亡史』(筑摩書房)にすでに書いたので省略するが、その後いつまでもつづいた干渉にカーヴァーもとうとうがまんしきれなくなり、改竄された も同然の『愛について語ろうとする時我々が語ること』が出ると、もうやめてくれ、とリッシュに懇願したのである。そのあたりのカーヴァーの手紙はかなり思いつめた文面のものである。さすがのリッシュも、「So be it」と手を引いた。『大聖堂』はその直後に、リッシュの干渉なしで、刊行された。

日本で村上と安原が『海』でカーヴァーの特集を組もうとしていた頃、カーヴァー本人は、新しい人生が始まるかどうかの瀬戸際で、泣き叫んでいたのである。

6

リッシュは、その後、『エスクァイア』の編集をしたあと、クノップ社の編集者として活躍し、一九八〇年代後半には『ザ・クウォータリー』なるなんとも変ちくりんな文芸誌を出している。創作講座も、授業料はかなり高いが、さまざまなかたちで開いた。講師としてはすこぶる評判が悪かったが、それは、下手な作品を書くと、書き手の人格を全否定するような発言を平気でしていたかららしい。

一九九八年八月、『ニューヨーク・タイムズ・マガジン』にD・T・マックスの記事が出ると、まもなく、オンライン雑誌の『サロン』に作家のデイヴィッド・バウマンが原稿を寄せて、リッシュの創作講座の様子を伝えてきた。(6)バウマンはかつてリッシュの講座に高額の授業料をはらって参加していたのである。「オレは刑務所にも入ってるし、脳病院にも何度も入ってる」とか、とにかく、べらべらしゃべりまくるひとらしいが、バウマンに言わせると、リッシュはなによりもひとつひとつの文章（センテンス）を重視するひとだった。つぎのようなことをしょっちゅう言っていたそうである。

「お話などどうでもいい……文章だ。どの文章も、その直前の文章から流れでてくる。つまり、最初の文章があって、それにつづいて二番目の文章が来る。そして二番目につづいて三番目が来る。そして三番目につづいて四番目が来る」

バウマンは、「これが百万ドルの秘密なのだった」といまいましそうに書いているが、このリッシュの発言、聞き覚えがないだろうか。村上が『Mぼくが電話をかけている場所』のあとがきで紹介していたカーヴァーの小説作法とおなじなのである。

「最初の一行を書く。それにつづく文章が次から次へと浮かんでくる。私は詩を書くのと同じようなかんじで短編を書く。一行ができて、その次の行が浮かぶ。まもなく物語が見えてくる。それは私がずっと書きたいと望んでいた私の物語である」

カーヴァーとリッシュの関係は、ほとんど、二人羽織だったのだ。

カーヴァーがリッシュから自由になって書いた「大聖堂」では、盲目の口の悪い老人と目明きの「私」がいっしょになって大聖堂の絵を描いている。老人は「私」の背中におおいかぶさるようにして、「私」の手を上から握っている。「私」は目をつぶっている。

この図は、じっくり考えると、かなりグロテスクで不気味である。でも、そういう姿がカーヴァーの小説作法だったのである。「私」がカーヴァーで、老人がリッシュで。

注

1 一九八一年二月一五日号。のち、『ファイアズ（炎）』（一九八三年）に「書くことについて」というタイトルで収められた。引用は『Mぼくが電話をかけている場所』のあとがきから拝借した。

2 『文藝』一九八三年一一月号。のち、『ぼくがしまうま語をしゃべった頃』（JICC出版局、一九八五年）に収められた。

3 一九九三年八月九日号。のち、村上春樹編訳の『月曜日は最悪だとみんなは言うけれど』（中央公論新社、二〇〇〇年）に翻訳が載ったが、筆者はそれは参照していない。全訳か抄訳かも筆者は未確認である。

4 リッシュは一九七六年にはその続編ともいえる『われらの秘密はみんなおなじだ・「エスクァイア」のニュー・フィクション（All Our Secrets Are the Same: New Fiction from Esquire）』を出している。

5 http://www.esquireinthesixties.com/fiction/carver_txt2.phtml

6 http://www.salon.com/media/1998/09/01media.html

3

カーヴァーの言い残したこと

篠原　一

1　物語の消滅

一九世紀の首都はパリだった。

少なくとも、パリとロンドン、ウィーンが時代の舞台だった。さまざまな商品の大量生産体制が技術的に確立されつつあり、新奇なものがたくさん生まれて、あたらしい生活のスタイルが確立されていった。と、同時に、人々のあいだでは旅行熱が高まっていた。人々はコンパートメントに仕切られた列車に乗って、革装幀の高級本ではなく布や紙で装幀されたポケットブックを読み、パリから、ロンドンから、また、ウィーンから、それまではかんがえられなかった高速で長距離移動をした。それらは小説の舞台やモチーフとして都度つど取り扱われた。

そして、折に触れて人々はカメラの前に立ってポートレイトを撮影した。それまで王侯貴族に雇われていた肖像画家はカメラというあたらしいテクノロジーに立場を奪われ、失職した。市民までもがぎこちない表情で家族写真を撮り、壁に飾った。それまで市民権を得られなかった類の出自の、たとえばユダヤ人であるとか、クリスチャンでないとかいった人々でも支払うべきものさえ支払えば街中に居を構えることが可能になった。

二〇世紀になり、首都はベルリンや東京やニューヨークといった新世界に拡散していった。黄金の二〇年代、三〇年代。人々は映画館に出かけ、ハリウッドで制作された映画を見た。スターがかがやいていた時代、ラジオを聴いた。つたない技術でテレビ放送がはじまった。走査線の数は少なかったが、受像器はどんどん素晴らしいものになってゆき、量産体制が整うにしたがって価格も安くなってゆく。家族が居間にあつまってテレビ番組を一緒に見た。

テクノロジーはますます進化していた。

かつては富と権力のある一部の人間のものだった種々の特権が市民というあたらしい人種のものになっただけでなく、それらはどんどん等質の廉価版を産みだしていった。

お抱えシェフは支払うものさえ支払えば市民にも入店できるレストランの料理長になり、そうしたレストランはファミリーレストランのチェーン店になってゆく。

ハンバーガー、ポテトチップス、コカコーラ。

戦争が終わり、気がついたら時代の舞台は郊外にうつっていた。

都市はがらんどうになっており、人々は郊外で暮らしていた。

そこにはパリやニューヨークといった個別の地名がなかった。

エッフェル塔や摩天楼のようなランドマークになる建造物もなかった。

片手にバターをかけたポップコーンをもってみる映画は特別ワクワクするものではなくなっていた。なにか、暇つぶしのようなものにさえなっていた。テレビは家族の憩いの中心にあるのではなく、家族間においてはありうべからざる沈黙を覆い隠すもの、あるいはただ時間を消化してゆくためのノイズになっていた。

名もない郊外はあらゆる場所に遍在し、同じような中途半端な田舎風景がどこでもどこまでも続いていた。デニーズやKマート、ありふれた屋根のならんだありふれた通り。この平坦な景色。その景色の中で生きる人々。典型的なアッパーでも徹底的に人権を蹂躪されてしまうようなロワーでもなく、中産階級、それも比較的貧しい肉体労働者、なにかしらのおおきなながれに隷属させられた人々を主とする中産階級として、どこかしらけた状態で、互いに解りあえることもなく、かすかに苛立ちながら、そして、苛立ちの正体がつかめないまま、個別に存在する。そんな人々がいつの間にか主役になってしまっていた。

パリやロンドン、ベルリン、東京、ニューヨークを舞台にして展開されていた、ダイナミックなメタ・ナラティヴは消滅していた。大都市さえもがいつのまにか規模がおおきいだけのひとつのローカルになってしまっていたのかもしれない。しかし、その時には既に、それより以前にあったような、田舎の小共同体の中で機能していたローカル・ナラティヴでさえ姿を消していた。物語が消滅していた。

もう誰かの人生においてなにか素晴らしい出来事、素晴らしい物語がおきることは期待できなかった。あったとしても、かつての憧憬として記憶にとどめられているだけだった。それは淡く儚い期待であるか、そうでなかったら錯覚だった。「今」という瞬間はこれまでにそれぞれの個人が経験してきた「過去」やこれから経験することになる「未来」と同じく、なにかがおきてしまった後とか、なにかがおこる前とか、そういったなにもない瞬間として存在するようになってしまった。

人々は——わたしたちは、あらかじめ物語に見捨てられてしまっていた。

いつでもなく、どこでもなく、遠くなく、近すぎもしない、ブツ切りのストーリー。

カーヴァーの小説はそうしたバックグラウンドからたちあらわれるべくしてたちあらわれてきたように思う。ドフトエフスキーの描くような何巻にもわたって続く長編小説ではなく、大量生産型のカメラで撮ったスナップショットのような短編小説として。

2 バラバラになってゆく個人たち

「サマー・スティールヘッド（夏にじます）」は典型的なカーヴァー・ストーリーのひとつである。

主人公はちょうどセックスに興味を持ちはじめた年頃の少年である。典型的な白人労働者階級の長男、医者と看護婦が出てくる番組を見ながらマスターベーションをしたり、マスターベーションをした後にもうマスターベーションはしないと聖書に誓っても、一日か二日程度しかまもれないような少年である。

彼にはジョージという凡庸な名前の弟がいる。兄弟仲はあまりよろしくない。両親の仲に至っては尚更である。彼らは朝から言い争いをしている。

昨夜母さんはこう言ったのだ。「心穏やかに」仕事に出かけるというのがどういうことなのか、私にはもううまく思い出せないわと。

少年は仮病をつかって学校を狡休みする。そして、母親が弟を送りだし、仕事に出かけるのを見届けて、少年はクリークに釣りに出かける。鱒釣りのシーズンはまだ少し残っている。クリークへむかう少年の前で車が停まる。セーターの下のおおきなおっぱいが目立つ女性。女性の車に同乗させてもらい、少年はクリークに到着する。当然、少年の頭のなかはその女性とのセックスのことでいっぱいだ。少年は妄想をたくましくして、女性とのセックスをさまざまにシミュレーションする。

しかし、女性の車の後部座席にはスーパーマーケットでしたと思われる買い物がどっさりと積みこまれており、頭にはカーラーが巻きついたままで、冷静になってみればお世辞にもセクシーとは言い難い。しかし、そのようなことは少年の気にはならないようだ。彼、あるいは彼らはそういった自分たちの生活に慣れきってしまっている。

鱒釣りは最初にケチがついたものの、何度かキャスティングをしているうちに、セックス・シミュレーション真っ最中の少年の耳にぽちゃんという水音がひびく。見ると少年のたれているフライ・ロッドが小刻みに揺れている。少年は緑色の鱒を釣りあげることに成功する。

それはサイズとしては格別おおきいというほどのものではなかったが、鱒特有の斑があるにもかかわらず緑色をしているという点でめずらしい魚だった。

しかし、成果はそれまでだった。少年は時間のことをかんがえてそろそろ川下にうつり、帰り道につこうとかんがえる。その時、たまたま川下への途中で出会った弟ほどの年頃の少年が土手を駆けているのを目にする。弟ほどの年頃の少年は少年と同じくあまり裕福な家庭の子どもではないらしい。裾のほつれた小さなサイズのシャツを着ており、痩せた齧歯類のような容貌をしている。みすぼらしい。

「ねえ、あんな大きな魚を見たのは本当に生まれて初めてだよ！」と彼は大きな声で言った。「ほら、ここだよ。見てごらんよ！　ここだよ、ここにいる！」

少なく見積もっても二フィートはあるサマー・スティールヘッドだった。

少年たちは協力しあってサマー・スティールヘッドの捕獲にかかる。一度は失敗するものの、二度目のチャレンジで彼らはサマー・スティールヘッドを捕獲することに成功する。少年はサマー・スティールヘッドの首をひねって息の根を止める。ふたりは得物をどうするかについて言い争いをする。最終的に少年のナイフで捌いたサマー・スティールヘッドの頭半分を少年が持って帰る代わりに、齧歯類に似た弟ほどの年頃の少年には尾の方半分に少年が釣りあげた緑色の鱒をつけることで話しあいは決着する。

サマー・スティールヘッドの頭を少年はクリークの流れで洗う。サマー・スティールヘッドの口からはいった水の流れは血を押し流しながら、魚の半分になってしまった身体を抜けてながれてゆく。少年はきれいに洗ったサマー・スティールヘッドの頭半分をびくに入れて我が家へと凱旋する。

しかし、釣りに出かけるという男の週末の儀式は、少年にとって、大人になる、という特別な一日、イニシエイションになることのないまま、呆気なく終わってしまう。

自宅には先に両親が戻っており、ふたりはまた言い争いをしている。オーブンの上のフライパンが焦げているのにも頓着しない様子だ。終いにはそれを壁に投げつけたりもする。それでも、少年はびくを開けやすいように体裁を整え、意気揚々とドアを開ける。

父さんはびくの中を覗きこんだ。そして口をぽかんと開けた。

彼は大声をあげた。「こんなもの、どこかに持っていけ。お前、頭がいかれたんじゃないのか？　台所にこんなもの持ち込む奴があるか。さっさとごみ箱に捨ててくるんだよ！」

頭半分のサマー・スティールヘッド。それだけでびくいっぱいになってしまうほど巨大な頭半分のサマー・スティールヘッド。それを持ちあげ、じっと持っている少年。

その情景からは共同体のリレーションシップから切り離され、家族の絆でさえ危うく、バラバラになってゆく個人たちのなかで、それでも容赦のない年月を重ねてゆくうちひしがれた少年の姿が浮きあがってくる。彼もやがてはそういった状態に飼い慣らされてゆくのだろう。スーパーマーケットの袋をたくさん後部座席に積みこんだ、頭にカーラーを巻きつけたままの女性とのセックスをシミュレーションするだけで興奮してしまったように、違和感なくそれらの環境にとけこんでゆくのだろう。少年は成長し、大人になって、彼の父親のような、どこか寄る辺のない男になる。

ここには長いこと、アメリカが慕い、慣れ親しんできた、ヘミングウェイ的な古き、良き、アメリカ、なかんずく、アメリカの男という姿はない。

そして、それを語る紋切り型の語り口。このカーヴァーの語り口はどこか不気味である。登場人物は皆、啀みあっているか、少なくとも好意を持ちあってはいないし、クリーク中をサマー・スティールヘッドを追いかけまわした少年たちは「寒くて死にそうだよ」「凍えてしまいそうだ」と口にしている。その様子は巨大なサマー・スティールヘッドとの格闘に勝利した者には似合わない。頭半分のサマー・スティールヘッドをクリークの流れで洗っている様子は少々グロテスクな眺めだ。身体半分で切断された、その断面から押し流されてゆくサマー・スティールヘッドの血。

それらは少年の潜在的な苛立ちや失望を伝えると同時に、なにかかすかな違和感を生じさせるような語り方である。不気味なるものはどこか近しいものとしてせまってくる。その筆致こそがレイモンド・カーヴァーである。

3 はじけ飛んだコルク栓

「使い走り」と題されたその短編小説は、またちがった特徴を持ったカーヴァー・ストーリーである。

晩年、特に癌を宣告されて以降のカーヴァーは体力や集中力を必要とされる短編小説よりも、詩作の方に創作の重心を移していたが、「使い走り」はそうした晩年において書かれたカーヴァー作品である。そして、それだけでなく、常以上に集中力や体力が要された重要な作品であるといえるかもしれない。この作品でカーヴァーは自身が愛読していたチェーホフの臨終に取材している。

チェーホフ。一八九七年の三月二二日の夜、モスクワの町で彼は信を置く友人であるアレクセイ・スヴォーリンとともに食事に出かけた。……

チェーホフはこのスヴォーリンと出かけた料理店で吐血し、結核であることが判明する。徐々に体力は削られ、文学的創作意欲は減退し、消滅し、実際には不可能であるにもかかわらず、それでも、なお、対外的には旺盛な創作意欲を示し、家族や周囲の人間に、今にも回復する見込みはある、常に自分は快方に向かっていると告げている。もう三週間もしないうちに死が訪れる、そうした時期にさしかかっても、母親に「一週間のうちにすっかり治ることになるかもしれません」といった手紙を書き送っている。

しかし、一九〇四年六月、チェーホフは急逝する。

保養地バーデンヴァイラーのホテルの一室、ベッドに横たわっていたチェーホフは譫言《うわごと》を言い始める。妻である女優オルガ・クニッペルによって医師シュヴェーラーが呼ばれる。一目で事態が切迫していることを見てとった医師はカンフル剤の皮下注射などの処置をおこなうが、それは気休め程度でしかなかった。そこで、医師はなにを思ったか、ホテルの客室係に電話して、ホテルでいちばん上等なシャンパンを大急ぎで持ってくるように言いつける。グラスは三つ。チェーホフとオルガ・クニッペル、そして、医師自身のぶんである。「大急ぎでだ。わかったか」医師はそう念を押している。

明け方近い午前三時、突然の電話で叩き起こされたのであろう客室係のボーイは寝癖のついた頭で、制服のズボンにはしわを寄せ、上着のボタンに至ってはひとつの穴輪にボタンをとおし忘れたままで、モエを一本とグラスを三つ、盆に載せてあらわれる。「できるかぎり祝祭的なポンという音を小さくするように努力しながら」医師はシャンパンのコルクの栓を抜いた。そして、三つのグラスにシャンパンを注ぎ分け、習慣でシャンパンの瓶にふたたびコルクで栓をする。オルガ・クニッペルの手を介してチェーホフにシャンパンが手渡される。チェーホフは「シャンパンを飲むなど実に久しぶりのことだな」といってグラスに注がれたシャンパンを飲み干す。オルガ・クニッペルは空になったグラスをベッドサイドテーブルに置く。

そして、一分後にチェーホフは逝く。

妻であるオルガ・クニッペルはマスコミがことの次第をかぎつけるまでに、夫である偉大な劇作家の死を静かに悼む、個人的な時間が欲しいと思う。そして、医師にそのことを頼む。医師は了承し、帰宅する。

シャンパンのコルク栓がぽんという音をたてて飛んだのはちょうどそのときだった。テーブルの上に泡がこぼれ出した。オリガはチェーホフの側に戻った。

そして、朝になってドアがノックされる。オルガ・クニッペルは医師か、そうでなければ医師が手配してくれた葬儀屋があらわれたと思ってドアをあけるが、意に反してそこに立っていたのはシャンパンをはこんできた客室係のボーイだった。

梳かしつけた髪にプレスのきいたズボン、すべてきちんとかかった上着のボタン。パリッとした姿であらわれたボーイはシャンパンを入れてきたバケツやグラスをさげに来たのだという。しかし、オルガ・クニッペルはそれを断り、高額のチップを渡しながら町でいちばんの葬儀屋を連れてきて欲しいと頼む。

ホテルの外に出ていいという許可を得たら、あなたは静かな確固とした足どりで、しかし不自然に急ぐことなく、葬儀屋のところに行かなくてはなりません。あなたは非常に重大な使いの仕事に携わっているのだと思ってきちんと振る舞わなくてはなりません。それだけを心がければいいのです。そうです、あなたは重大な使いの仕事に携わっているのです、と彼女は言った。

可及的速やかに、けれども、不自然に目立つことのないように、偉大な劇作家の葬儀を取り扱うのに相応しい葬儀屋の元へゆくよう、彼女は事細かに指示をする。その指示は微にいり細をうがち、延々と続く。しかし、その指示を受けているボーイは床に転がってるコルク栓をどうやったら不必要な注意をひきつけずにナチュラルな動作で拾うことができるか、かんがえている。ボーイの手には朝の支度として届けに来た花瓶がある。コルク栓を拾うためには花瓶を抱えたまましゃがみこまなくてはならない。そして、ボーイはそれを成し遂げる。彼は自然な動作で、コルク栓には一瞥をくれることもなく、かがみこみ、手をのばして、それを回収するのである。

一方では客室係のボーイからのスナップショットといった趣のある短編としては実にカヴァーらしい作品でもある。偉大な作家の死を前にしたボーイの意識はコルク栓にのみ集中している。その矮小さはカーヴァーが常々描き出してきた典型的なアメリカの低所得層の白人家庭の矮小さに通じるものがある。

しかし、低所得層の白人ではなく有名作家チェーホフ、どこの郊外でもない名のある都市モスクワ、一八九七年の三月二二日の夜というはっきりとした日付と時間――出だしからしてこの作品はカーヴァー・ルールを破っている。テーマさえも、如何にも物語らしい「劇作家の死」というドラマティックな場面をテーマにしている。

こういったルールからの逸脱は晩年の作品に散見する特徴のひとつで、カーヴァーが次のステップに移行しようとしていたのか、移行しつつあったことを指し示しているように思われる。

そして、癌を宣告された自分と結核を患っていたチェーホフの姿をカーヴァーがオーヴァーラップさせていたことはまちがいないだろう。カーヴァーにしてもチェーホフにしてもリッチな階級の出身ではなかったし、というよりもむしろ、貧困階級からの出身であって、文壇において独自のステイタスを確立してはいたが、作品中の言葉を借りるならばその作風はいずれも「スタティック」で、物語にドラマツルギーを期待する周囲の風潮とはあまり馴染めていたようには思えない。

いずれにしてもそれは不治の病であることには変わりがなかったのだから、死を前にして作家としてどうするべきか、なにかしらのヒントをチェーホフに求めたのかもしれない。

あるいは、確実におとろえ、消滅しつつある作家としての自分の体力と、それでも、なお、対外的には創作意欲の減退を感じさせたくはないという作家特有の内的な葛藤をあらわしているのかもしれない。よくいわれているように晩年、死の間近になっても、カーヴァー自身、創作に対して積極的な態度を崩すことがなく、今にも元気になることを信じている様子だったのだとしたら、それは尚更である。それは自分の内奥にだけ秘めていたい、誰にも絶対にさとられてはならない事実だったのだろう。

しかし、そうすると、気になってくるのは医師がホテルの部屋を出て行ったときにぽんとはじけ飛んだコルクの栓である。

最初、シャンパンがはこばれてきたときに医師は「できるかぎり祝祭的なポンという音を小さくするように努力しながら」シャンパンの栓を抜いた。そして、チェーホフが逝き、医師が部屋を出て行ったときに、コルク栓はシャンパンの瓶の内圧に負けてぽんとはじけ飛んでしまうのである。祝祭的な音をたてながら。

「書く」という体力の亡くなった作家に対して、肉体の死は祝福だったのだろうか？

4 祝祭のあとには

エッフェル塔や摩天楼のない平坦な風景、どこにでもある名もない郊外、貧しい白人家庭のコカコーラやポテトチップス、テレビのノイズできしむ情景ともいえない情景から出発した作家レイモンド・カーヴァーが、最晩年において、このようなある意味実に「物語」的なスナップショットにたどりついていたことは注目すべき事柄である。

「使い走り」は作家として独自のステイタスを築いてしまった後の個人的な気持ちの変化のあらわれだったのだろうか？　それとも、なにかあたらしい時代の流れを意識的、無意識的に汲みあげてしまった結果だったのか？

それまでの「サマー・スティールヘッド」的なカーヴァー・ストーリーは最終的にすべてのカーヴァー・ストーリーを見渡したときに「使い走り」的なカーヴァー・ストーリーと並んで傾向のひとつとなるべきものだったのだろうか？　しかし、どうして「使い走り」においてカーヴァーは一九世紀末、あるいは一九世紀から二〇世紀への世紀末転換期へと——あらかじめ脱却していたはずの風景の中へと、みずからの分身を接続、転送させてしまったのだろうか？　現代に生きるわたしたちはなにか懐古主義的な陥穽にはまりつつあるか、あるいは既にはまりこんでしまっているのだろうか？　あるいは、わたしたちはまだわたしたちの人生において「物語」がおこりうると信じているのだろうか？

それがたとえ大作家の死を前にしても、なお、床に転がったコルクの栓にのみ神経を集中させるボーイからのスナップショットによるようなものだったとしても？

レイ、あなたはなにをかんがえて、なにを言わないままにして、逝ってしまったのだろう？

II 家族

僕らは床に跪いて
罪を悔い、自分たちの生活を
悔いたかった。でももう手遅れだ。
遅すぎる。誰も僕らの言うことをなんか聞いちゃくれない。
僕らは自分たちの家が引き倒され、地面がならされるのを
見ていなくちゃならなかった。そしてそれから
みんなばらばらに四方に散っていった。

（「呪われたもの」より）

4

アチャイルドハプンズ

レイモンド・カーヴァー体験について

後藤和彦

0

レイモンド・カーヴァーの短編を読みつけると、そこに出てくる人々にいったいどんな悪いことが起こるか、からだのなかの神経がふるふると期待するようになる。

彼がエッセイなどでしばしば引き合いに出す作家フラナリー・オコナーの短編を読むときも似たことが起こるが、オコナーの場合、悪いことは比較的わかりやすい「約束」のようなものにしたがって起こる。もちろん、悪い人に相応の悪いことが起こるというのではなく――いや、結局そうなのだが――、少なくとも社会的にまちがったことをしていない人で、ただそのことをこれ見よがしに鼻先にぶらさげて歩いているだけの人に――だからその人はオコナーによればじゅうぶんすぎるほど悪い人なので――それは起こる。

読みつけていれば最後に罰があたるのが誰か、たいてい予測がつくようになる。一般的な因果応報とは別種の因果応報の原理が働いていて、それは比較的読み取りやすい。この世の相対的なつまり水平の約束事の世界に、絶対的なつまり上から下へ天から地へ垂直の秩序が、イカズチのように、ギロチンの刃のように振り落ちてくる。結局オコナーの悲劇には根拠がないようでいてちゃんとあるので、カタルシスとは必ずしも呼べずとも、悲劇のあとには世界が奇妙に丸い輪を閉じるような感じは残る。

カーヴァーの世界はできごとの水準として水平の世界を一歩も外に出ないので、悲劇の輪は外側から閉じられることはなく、今作品のなかに見えている世界の向こう側にも、そして作品のこちら側にも、悪いことがもう起こってしまっているか、これから起こるのか、とにかく悪いことの起こる風土というのか時間というのかが、ただとめどなく広がっている感じを与える。

だからカーヴァーを読みつけると、たとえばこのようなことが読むものに生じる。「学生の妻」という作品があって、実はこの作品には何も悪いことは起こらない。夜、夫とベッドに入ってなかなか眠れず「私より先に眠らないでね」とお願いする妻がいて、これに何とか応えてやろうとするが睡魔に勝てなくなってしまう夫がいるだけである。

夫婦とはどこでもこのようなもので、またこのような夫婦間のやりとりは、むしろ夫婦のごく普通の、いやむしろ順調ですらあるような関係をたいていは言い表しているのだろう。そのまま夜明けをひとりぼっちで迎えることになってしまった妻が、とうとう「神様」といってしくしく泣き出してしまうのも、そこだけを取り出すならむしろほほえましいぐらいのものだ。

しかし、カーヴァーを読みつけたものが読めば、妻の最後のセリフ——「神様、どうぞ私たちをお助けください」——から深刻なヴァイブレーションが必ず伝わってくることになるので、その妻の祈りはどうしても神様によってしかかなえられないのだろう、夫婦ふたりの間柄や彼ら一家のありようは、どうしても神による救いを要する事態に立ち至っているのだろうと思えてくる。

すると読むものは作品をもう一度ふりかえって、眠れない妻が眠たくて仕方がない夫をどうしても起こしておきたくて、「今ほしいものは何？」という問を夫にかけ、逆にうるさがる夫に「お前のは何だい？」と問い返されて、思いつくまま彼女が並べ立てる彼女の「ほしいもの」リストが、

「子供たちに新しい服を必要なときに我慢させたりしないで買ってやりたい。ローリーはイースター用の服が今すぐにでもいるわ。それにゲアリーも上下を買ってやりたい。あの子も大人だもの。あなたにも新しい上下がいるわね。あの子よりあなたのほうがもっといるわね。そ

れから私たちも自分の家がほしい。毎年とか一年おきとかに引っ越してまわらなくちゃならないようなのはいや。家族みなでちゃんとしたまっとうな暮らしがしたい、お金とか請求書とかそんなものにわずらわされるのはいや」(Quiet, 128)

という言葉で結ばれるのをあらためて知る。そしてついに、この場におけるような他愛もないやりとりは、この夫婦がむしろ例外的に幸せな状態に今あることを示しているのであって、いつもの夫はきっともっと不機嫌で、妻のほうは普段もっとヒステリックに口やかましく、ふたりとも本当は子供をほとほともてあましているのだろうと了解されるのである。

カーヴァーの読者にはきっとそうでないはずがあるものかと信じられるのであって、そのような思いの周辺に、これを読むものがまた一家を構えていたりすると、いやいなくても、自分自身の(家族の)暮らしのおおよそ世知辛い部分が自然思い起こされ、引き比べられてしまうのである。カーヴァーを読みつける経験というのは、このような心の動きというか神経の反射に倒錯した快感を覚えることなのであって、そうでない人はカーヴァーを読まない、少なくとも読み返さない。

1

レイモンド・カーヴァーの短編小説に起こる、あるいはすでに起こってしまっている、あるいはこれから起こる悪いことは、どうしてもこのようにして小説のなかの世界と読むものがそれぞれ抱え込んでいる小さな世界との地続きの感覚をかきたてる。なかでも読者の既知の感覚を煽り立てるのは、子供をめぐる思い、あるいは親であることの思いなのではあるまいか。

「既知の感覚」というのは、子をもち親になったもの以外にこのような感覚がおとずれないというのではなくて、いまだに子をもたぬものもこれから子をもつ予定のないものも、むしろ実際に子をもっているものよりそれだけいっそうありありと、子をもってしまったあとの逃れようのない倦怠、子が生まれてあとはどこまでも延々と続くだらだら坂を上り続けることしかなくて後戻りができないような感覚、迅速で決定的なものではなく慢性の病の鈍痛のような恐怖を自分のこととして知ってしまうといえばよかろうか。

いずれにせよ、レイモンド・カーヴァーの短編小説にどうしようもなく起こっている、あるいはすでに起こってしまって世界の黒くて重い輪郭をなしている、あるいは世界の地平のすぐ向こうに待ち構えてこれから必ず起こる「悪いこと」は、少なくともその核心あたりにあるのは、それはそのまま「子をもつこと」である——

その原初的な形態は——そのもっともコンパクトな、要点のみに暴力的なまでに引き絞られた雛形は——別れる決意をした夫婦が赤ん坊の取り合いとなり、ついにははずみで赤ん坊の小さなからだをおのおのが右と左に力任せに引っ張って（おそらくは）死なせてしまうという、旧約聖書のダヴィデ王の裁きを暗くもじったような、「ある日常的力学」という短編に見出されるかもしれない（Love, 123–25）。

この夫婦はそれぞれ、ふたりの関係を引き裂いたすべてのものの急所に、こうして文字通り引き裂かれてしまった子の存在があったことをあらためて知るだろう。そして婚姻という関係から逃避したかった自分の無意識の願望、つまるところわが子に対する「殺意」のうすぼんやりとした可能性を、事後、くりかえしさかのぼって反芻し、そのたびみずから肺腑をえぐることを求めるようにさえなるだろう。子をもつことの意味、親となることの取り返しのつかない意味を、子を亡くしたのち、はじめて深く思いやることとなるのだろう。

A child happens. もちろん子供の出てこない短編もカーヴァーにはある。しかし、そういう場合も行間には子供の影が漂っている。

——さて、いったんこのようにいってしまえば、カーヴァーの読者は次のようなカーヴァーの作家としての自己分析にさかんに首を肯くことになるだろう。

文学上のいくつかの影響力。ジョン・ガードナーとゴードン・リッシュ。ふたりにはもう弁済しきれない借財がある。しかし、私の子供たちこそまさにそれである。彼らこそが私にとってもっとも大きな影響力だ。子供たちは私の人生と私の文学を動かし、形成した張本人だった。事実、まだ彼らの影響の下に私はいる。今では確かにかつてにくらべれば日和は穏やかだし、そこにはもはや怒声ではなく静けさがふさわしいのだけれど。(Fires, 30)

エッセイ「ファイアズ(炎)」には一九六〇年代、つまりカーヴァーがプロの作家としてスタートを切ろうともがき苦しんでいたころ、汚れた子供の洗濯物をかかえコインランドリーで機械の空く順番を見も知らぬ中年女どもと争うことに目くじらをたて血道をあげなければならなかった情けない記憶がつづられている。そのまま彼本人の短編小説に仕立て上げられてふさわしいエピソードである。

しかし、ここでのカーヴァーはずっと率直だった。彼は短編では決して書かないようなことを書き加えたのだ、作家カーヴァーの秘密がその片鱗なりとも明かされることを期待しているこのエッセイの読者のために。若い彼はその味気ないコインランドリーの片隅で、ある人生をめぐる真理に到達した、と書くのである。つまり、人生は自分の思う通りになどならないのだ——

私ははっきり理解したのである――しかし、いったいそれまで何を考えていたんだろう――私の人生はだいたい小銭のようにケチで粗末な代物であり、混沌としていて、あまり陽もささないようなものなんだ、と。その瞬間はっきりと感じた、私が身をおいている人生は、私の敬愛する作家たちの人生とはとてつもなくかけ離れている。作家というのは土曜いっぱいをコインランドリーで送ったり、目が覚めているあいだじゅう子供たちの用事や気まぐれに組み敷かれたりして生きているような人々ではなかろう。……私は知った、この先にも同じような義務と当惑の時間が何年も何年も続いているほかないのだと。事情がすこしぐらい変わることもあるだろう、しかし、だんだんよくなってくるようなことはよもやあるまい。……私はそのとき、このままではだめだ、どうにかしなくてはならないと知ったのである。まず目標を下げなくてはならない。あとで判明するのだが、私はそのとき真理を洞察していたのだ。（Fires, 24）

このまま果てしなく「何年も何年も」打ち続くに決まっている「義務と当惑の時間」とは、コインランドリーの順番争いにくたびれた若い作家のふところに抱えこまれた、おそらく大きなプラスチックのバスケットか頑丈な紙袋のなかの子供たちの汚れ物の重み、というか、その湿っぽい肌触りとすえたような匂いを含めた感触の全体であるのだろう。

2

正確にいうと、「人生は思い通りにならない」のではなくて、「思い通りにならないのが人生だ」なのだ。

この場合、主語と補語をいれかえても運用上の意味はさしてかわらないという言語学の一般法則はなりたたない。「人生は思い通りにならない」は感想であって、「思い通りにならないのが人生だ」は啓示であるからだ。それこそ前者は水平の物思いであって、たとえば姑息になったりエゴイストになったり卑怯にふるまえば、人生にまだ融通のききそうな可能性が、物思うものの周囲にある、かろうじて風通しのようなものがある。後者の立ち現れるとき、彼は命のこちらの端とあちらの端を見渡す垂直の高みに引き上げられている。

仕事がなかなか見つからないとか、見つかっても同僚は卑しいものどもばかりだとか、月末の支払いに間にあわないとか、そういうような事情はカーヴァーの短編には山のように出てくるし、カーヴァーの短編はそういうマテリアルばかりでなりたっているともいえるほどだが、それらはみな「人生は思い通りにならない」の側の感慨に分類される。女房がヒステリを起こしている、というのもまた(まだ)そちらだろう。

しかし、「子供たちの汚れ物」、これはどのようにしても、「思い通りにならないのが人生だ」。短編「頼むから静かにしてくれ」には妻に不貞を働かれたことを二年後にようやくつきとめパニックに陥る夫が出てくる。妻の不貞はどうしたって前者だ。しかし、寝室に閉じこもった夫の耳に「子供部屋から妻の声が聞こえてきて」、この妻は自分のふたりの子供の母親なのだという認識がおとずれるので、夫はこの比較的長い短編の最後の最後に「自分の身の上に進行しつつある信じられない変化に唖然とする」。

そのとき夫の「身の上に進行しつつ」あったのはおそらく、今ベッドの隣に身を横たえて自分のからだに触れているのは妻ではなく、自分の子供たちの母親なのであって、子の存在を介することで、この妻の不貞は自分の意思によって他にしようがないので許される——というより、自分の子をなしたのがこの女であったがゆえに、それはもはや動かしがたいことであるので、罪を犯した女やそれを許せない自分がはるかな時の流れに霧消するのを見送るしかないような、これまで経験したことのないような目くるめく高みにいるという感覚である(Quiet, 250–51)。

「ささやかだけれど、よいこと」の夫婦は、息子が交通事故にあい病院に収容されおそらくは重篤な昏睡状態にあるという事態に接してはじめて、子をもつことや親になることの意味に、つまり「思い通りにならないのが人生だ」の啓示にようやく近づこうとしている。その啓示はかくもおとずれがたいのが一般ではあるが、ひとつには彼ら夫婦がこれまで、息子の誕生日に名前入りの特別なケーキを注文することができるような、順調な人生を送ってきていたからだろう。病院からいったん帰宅するドライヴのあいだに夫ハワードを襲うのは、「父親になった(“Fatherhood”)」という一言の重みが、「いったん風向きが変わると、人に傷を負わせたり、運の落ちた人の足をつかんで引きずりおろすような暗い力があることを彼は知っていた」という本当は知らないに等しい半可な知識をめりめりと押しつぶす感覚であったのだと思う(Cathedral, 62)。

妻アンは病室をあとにしたところで、ナイフで刺され同じ病院で手術を受けている息子を待つ黒人一家に遭遇する。黒人一家はハンバーガーの包み紙や発泡スチロールのコップで待合室のテーブルを汚く散らかしており、母親と見えるだらしなく太った中年女は普段着にサンダルでソファに醜くへたりこんでいる。

それぞれがおかれているのが似たような境遇であることを知り、アンは「まるで言い訳をしなくてはならないように」息子の容態について事細かに語り始める。アンは正しい母親でありたかったのだ、いつまでも目を覚まさぬ息子のために。アンは黒人一家と、特に中年女と自分のあいだにある共通点によって、この一家や中年女が自分の内側にこくこくと醸し出す生理的嫌悪感を中和しようとしている。いや、いかにしても生理的嫌悪が先走るので、中年女との連帯感をかけがえのないものと自分に言い聞かせようとして、それに失敗している。

だからアンが記憶にもっとも印象深くとどめるのは、この中年女ではなく、まだ母になったことのないに違いない、怪しいものを見るようにこちらをにらみつけふてくされたようにタバコをふかしている十代の娘だ。ひとりになった彼女は「心に浮かんだその女の子の像に向かって、『子供なんてもつもんじゃないわよ、本当、もつもんじゃない』」と語りかける。

アンはそのとき女の子の像に、おそらく同じように胡散臭そうな目で黒人一家を、いや中年女を見ていただろう自分自身を重ね合わせている。彼女は何かを自分のために発見しようとしていて、まだその意味に気がついていない。彼女はこの薄汚く太った中年女と同じ「母」なのだ。世の中にすねたように挑戦的な娘のほうではなく、むっつりと自分の世界に閉じこもって周囲をいっさい気にも留めないようにふるまうこの黒人女こそ自分でなければならない、そのことにまだ彼女は気がついていない（Cathedral, 73–74, 77）。

3

レイモンド・カーヴァーにとって、子をもつこと、親となることが作家として世界を俯瞰するための場所を確保することだった。そしてそのことを通じてはじめて、彼自身を子としてもった彼の父親のことを、ふりかえって眺める目を手に入れたであろう。

エッセイ「父の肖像」を支配している静穏な空気は、人が自分の父の面影を死後一定の年月を経て偲びつつ書けばたいていおとずれる種類の静穏さであるばかりではなかろう。仕事を転々とし、妻を泣かせ、アルコール中毒を乗り越えて、彼の実の父が彼と同じ道を歩いていたことを、いや彼が父と同じ道をこうして歩んでいることを思いやり、そうすることで始めて手元におとずれてきた、父もまた「思い通りにならないのが人生だ」という啓示を得たはずだ、ただそれを自分のように表現する手段をもちえなかっただけだという、認識というよりは祈りから、その静穏な空気は生まれているのだと思う。

しかし、「父の肖像」（初出一九八四年）が書かれるまで、カーヴァーの父をめぐる思い、あるいは父であることをめぐる思いが、どのような紆余曲折を経たかは想像するにあまりあるもので、おそらくはその紆余曲折の節目節目に彼の父を題材とした、あるいは父である自分を題材とした短編は産み落とされていったのだろう。

父であることを語ることは、“A child happens”ということを掬め手から語ることだ。つまり、それは父となるある男に言葉で語りえぬことが起こっていることを意味しているのであって、その男は「思い通りにならないのが人生だ」という啓示の予感に心の深いところで引き寄せられている。その事情をもっとも端的に表現したのが、その名も「父」という短編だろう。

ある家族に赤ん坊が生まれる。家族は口々にこの家族のニューフェイスがいったい誰に似ているのか言い当てようとする。家族それぞれの個人的な好き嫌いとか郷愁とか不満とかもろもろの思いを、その感情ごと物言わぬ赤ん坊の上に付託するのである。家族は言い合いのあげく、最後の最後にようやく、この赤ん坊がほかならぬ父に似ているかもしれないことに思い当たる。「わかった、この子お父ちゃんに似てるわ」、ひとりの娘がいう。もうひとりの娘はこう言い返す、「お父ちゃんってじゃあ誰に似てるのさ」「お父ちゃんは誰にも似てない」「お父ちゃんだって誰かに似てないわけないじゃない」「似てないったら」。そこでこれまで一言も口をきかず黙ったまま台所の食卓にすわっていた父親がやおらこちらをふりかえる――

男は椅子に掛けたままぐるりとこちらをふりむいた。が、その顔は白いばかりでどこにも何の表情も浮かんでいなかった。(Quiet, 41–42)

「菓子袋」は、母と離婚して以来疎遠となっていた父に商売の合間を利用して会いに出かけ、こともあろうに離婚の原因となった浮気の一部始終についてあけすけな告白を聞かされる息子の話。語り手である息子ももう父親になっている。父は嫁と孫たちのためにと安駄菓子の袋を息子にことづける。菓子袋はあわただしく飛行機で出発する息子によって空港のバーに置き忘れられる。

父は久しぶりにあった息子に、何かためになる話をひとつ語って聞かそうと思っていたのだろう。妻と離婚し家族から見捨てられてひとり暮らすこの男にとって、嫁と孫への菓子の土産と息子へのためになる話は、家族という生活へのリハビリテーション、あるいはその無駄な努力、ふたたび父の座に帰り着くためのむなしい試み、であったかもしれない。

それは実際「ためになる」ような話とは程遠い話であった。しかし、浮気相手の女の亭主に現場に踏み込まれて素裸のままはめ殺しの窓をつきやぶって逃げ出したくだりを「自分の話のいちばん肝心なところ」と話す父は、息子を前にしてひとりの男であることをさらけ出している。自分という人間を賭けているのだ、「素裸の俺を見ろ」と。

糠に釘の反応しか示さぬ息子に「『なあ、お前はなんにもわかっとらんよ、本当になんにもわかっとらん』」と父はつぶやく。父の肝心の話は、菓子袋と同じ運命をたどるかに見える。語られたなり受け取り手もなく虚空に置き去りにされるかに見える。

しかし、そうではないのだと思う。

作品の冒頭付近に語り手である息子は「昨年サクラメントに立ち寄った際に父から聞いた話をしようと思う」としたためている。父の話を思い起こしつつ今書き下ろしつつある息子と、父の話を聞かされ菓子袋をほとんど故意に置き忘れたときの一年前の彼とは、おそらく人が変わっている。この一年間に何があったかは読者にはわからない。しかし、人間の耐えがたく卑小で醜悪な存在の底を、靴下を裏返すようにして引きずり出してあえてさらけ出した父の話を、どうしても書き記しておかなくてはならないと思うようになる経験や時間を、この一年のうちに、おそらく息子はくぐりぬけている。

息子は父からあずかった安物の菓子の土産を置き忘れたことを半分だけ後悔している。「あんな安菓子、メアリ［妻の名］がほしがるわけはないのだ。去年でさえそうだったんだ。今じゃなおさらほしがりもしないだろう」と息子は最後に書く。妻はほしがるまい今も、でも子供たちは……。いや、子供たちもあんな安菓子などほしくはあるまい、土産にもらえなかったことを惜しいとも思うまい。しかし、その菓子袋は、父から息子である自分へ、そして父親たる自分から子達へ——そのみすぼらしい菓子は、みすぼらしさにくるまれているやるせない父の子への物思いとともに、やはり手渡されなくてはならなかったのではあるまいか。

妻をおいて彼は父になろうとしている。妻をおいて彼を父にするできごとがこの一年で彼の身の上に起こっている。だから「お前はなんにもわかっとらん」という父のつぶやきが、実は正しかったことに息子は今気づきはじめようとしている。だからこの話をとりあえず息子は書いておく気になったのだ（Love, 37–45）。

子をもつことはかくもむずかしい、父となることはかくもむずかしい。

しかし、子をもつことによって、父となることによって否応なく投げ込まれる嵐のなかにもまれもまれて、あるいは糖蜜を搾り出す装置にくくりつけられぐるぐる同じ場所を歩き続けるラバのような気持ちを体感して、あげくに頭脳が、意識が、これに対処することをあきらめさせられて、そしてはじめて、あの最後の啓示はおとずれる。

レイモンド・カーヴァーはそうして作家になった。

だからレイモンド・カーヴァー体験は、そのような彼の姿を思いやってみること、あるいは彼のようなすべての人間をまともに思いやってみること、そのような人間が今日のあるいは明日の自分であることを思ってみることをおいて他にはありえない、そう思うのである。

＊引用／参考文献——
レイモンド・カーヴァーの作品の引用は以下に示す版により、日本語訳は拙訳で村上春樹氏のものを参考にさせていただいた。

Will You Please Be Quiet, Please? 1976; reprint. New York: Vintage, 1992. (Quiet)

What We Talk About When We Talk About Love. 1981; reprint. New York: Vintage, 1989. (Love)

Fires: Essays, Poems, Stories. 1983; reprint. New York: Vintage, 1984. (Fires)

Cathedral. 1983; reprint. New York: Vintage, 1989. (Cathedral)

5 カーヴァーの詩学
個人的な、あまりに個人的な

渡辺信二

1

今や、個人が個人であることによってのみ、この世界を生きることができる。二〇世紀的な連帯や友情、他者との共感などといった概念は、もはや、概念にすぎない。誰も、今ここで生きている理由を知らない。他者に起こる一切が何の意味も関係もない。物事は変化してしまうにすぎない。足下に深い川が流れていても、誰も気づかず、また、気づかないふりをする。それがどうしたと聞いても誰も驚かない。これが、われらの時代である。問い無き時代、愛無き時代、救い無き時代と言われるだろう。

かつて「乏しき時代」を生きた詩人たちは、今から思えば、幸いであった。その頃、「なぜに詩人であるのか」は愚問ではなかったし、控え目にしろ答えがあった。なお、神がみの回帰を信ずることができた。世界が最も暗い闇へと向かっているにしろ、必ずや、光の方へ反転すると信じていた。

「時代が乏しい状態を続けているのは、神が死んだばかりでなく、死すべき人間たちが自らの死の定めをほとんど知らず、ほとんど実践できずにいるからである。いまだに人間は、その本質の所有に達していないのである。死は、歪曲されて謎めいたものになっている。苦悩の秘義は、蔽われたままである。愛は学ばれていない。しかし人間たちは存在している。言葉が存在するかぎりは、いまだに歌が彼らの乏しい国土の上にとどまっている。歌人の言葉は、依然として聖の痕跡をとどめている。」(ハイデッガー一八)

今、世界の軌跡がどのようなものであるか、誰も知らない。それは、あるいは、キノコ雲の形をなぞっているのかもしれない。見えないステルスの飛行機雲かもしれない。今このときにも、一気、一瞬、一斉に人類が滅びうる核の時代だ。少なくとも、不条理に個人が殺される時代だ。もはや回帰することがないのは、誰でも知っている。ハイデッガーの言葉をもじって言い換えるなら、「本質の所有」にだれも達しない。既に、存在が本質に先行している。「死の定め」など、だれも知らない。それは、強迫観念となって、現存を浮遊するにすぎない。いや、それだけではない。そうした言葉さえも失われているのだ。もはや、詩人の言葉は、聖の痕跡をとどめない。絶望さえもない。

こうした時代の詩人レイモンド・カーヴァーは、救いを歌うことができなかった。愛について語ることができなかった。愛の詩人であるレイモンド・カーヴァーが愛について語るとき、愛の欠如について語った。憎しみや怒り、別れについて語った。「希望がもはや存在しないとき／何が残されるか」(六：四四三) リノのダイスやルーレットの音。死を控えた結婚。彼は、他者への責任を強く感じながら、その責任をとることができなかった。「ずっとキリストには相反する気持ちを抱いていたが／でも誰かに　何かに　このことの責任はある／昔と同じく　今だって」(五：七七) しかし、責任の在り処を問いただせない。それが酷薄な時代に生きる者の宿命なのだろう。それでも、人は、生きてゆく。いや、はたして、人は、生きてゆくのか。生きてゆくとして、それはもはや、いったい何なのか。いやしかも、これはもう、問いではない。

2

カーヴァーに「私の娘に」（五：五九―六一）という詩作品がある。その冒頭で、W・B・イェイツの詩作品「わが娘のための祈り」と、スライゴーで実際に出会ったと思われる彼の娘へ言及していることから、これは、明らかに二〇世紀最大の詩人イェイツへの挑戦であってよかった。イェイツは、「わが娘のための祈り」で、ギリシア神話や同時代アイルランドの悪例を踏まえて、人心をかき乱す優しさのない美、知的論理で争いを好むような美ではなくて、「人目につかずに茂る樹」のような美、理屈を言わずに「慣習と作法」を重んじるような美こそが、娘に備わるようにと願った。保守的である。アイルランド独立運動に関わった女性闘士のようには決してなるなと祈る内容に対応するように、一連八行の一〇連構成で、韻律も祈りに相応しい。

この娘は、五四歳のイェイツの初めての子どもとして一九一九年二月に生まれ、アンと名付けられたが、作品は、彼女が揺籃に眠っていた同年の二月から六月の間に書かれたと推測される。カーヴァーは、このイェイツの詩を「不器量であれという呪いを掛けた」と読み替えた。イェイツの娘は「アイルランドじゅうで最も不器量、最も年取った女だった／しかし　彼女は安全だった」と断定している。彼は、この作品だけでなく、「筋」（五：四三三―三六）や「かかと」（五：

四五八―六〇）などでイェイツに言及し、そのことで、鑑賞眼と目標の高さを示しているとは言えよう。しかし、カーヴァーの実作は、その内容と伝記的な背景や作品内容において、イェイツと正反対と言ってよい。

カーヴァーの場合、一九五七年一二月に長女クリスティンが生まれたとき、彼は、まだ一九歳だった。そして、この作品「私の娘に」を含む詩集『水と水とが出会うところ』が出版された一九八五年、娘は二七歳であり、既に「美しい酔っ払い」となっていた。娘へ「おまえ」と呼びかけ、飲酒と戦うべき命令を与える。しかし、自ら語る通り、娘への祈りを詩作品に昇華するには遅すぎた。彼女は、モーゼの後継者ヨシュアが籤引き七つの部族に土地を分け与えた地シャイローを名乗る男を連れ合いとして酒に耽る。時に、「鎖骨にギブスを填め　あるいは/指に副木をして　濃いサングラスで/目の回りの痣を隠す」。

カーヴァーは、悪例としてじぶんたちの人生を示す。

……二人が
愛し合っているのに殴り合い
感じている愛を拒み　グラスを空いたグラスに重ねて
悪態と殴打と裏切りばかり

（五：六〇）

という両親の生活を目の当たりにしているはずだろうと言う。あろうことか、ジーザス・クライストにまで呼び掛けるが、それは、おそらく二つの点で虚しい。すなわち、彼自身が、アルコール中毒症の父の姿を見ていたはずなのに、けっきょくは、類似した境遇に陥った点、および、子どもが親の人生をなぞる心理的な理由に関して無知であるか、無関心である点において、彼の祈りは、空回りする定めなのだ。

心理学によれば、いつの間にか、じぶんが憎んでいたはずの両親と同じような行動をとっていたり、恋愛相手や結婚相手として両親と同じような相手を選んだりする者がいる。それは、たとえば、アルコール依存症や麻薬中毒の父親に対して過去に虚しく期待したことを、同じタイプの人間から満たされることで過去の傷への癒しを求めているためだという。この心理学の知見にしたがって、カーヴァー自身を、また、彼の子どもを、アダルトチルドレンと分類することは簡単だ。そして、家族や家庭には、世代を超えた目に見えない連鎖が存在すると分析したり、集団的セラピーを勧めることもできよう。実際、カーヴァーはそうした治療を受けているかもしれない。しかし、そうしたところで、彼らの苦しみは変わらない。むしろ、そうした所見や対処を無化する生の酷薄さがある。

いや、もう少し正確に言うなら、カーヴァーは、世界や人生に立ち向かうタイプではない。リアリズムが合理的で分析的な精神を秘めているはずなら、カーヴァーの文体は、リアリズムではない。彼は、分析的な所見をもとに世界と客観的に向かいあうことができない。心理学的に言えば潜在してしかるべき「父への憎しみ」を自覚しない。むしろ、父を慕う。邪険にされればされるほどに慕う。人生の有り様すべてを運命としてとらえ、あるいは、家系の因果としてしか認識しない。じぶんたちの現状を追認して、怒り狂う。

お願いだ　馬鹿なことはやめてくれ
わかった　これは命令だ　いいか　おれたちの家族は
金を無駄使いする　貯蓄向きじゃない　だけど　方向転換してくれ
（五：六一）

しかし、もちろん、いくら叫んでも、転換は出来ない。出来ない人たちが大勢いるのが、アメリカ合衆国の酷薄な現実だ。

この「私の娘に」で重要なのは、むき出しの愛情や怒りを娘へ示している点だ。それは個人的な叫びであり、切実な怒りである。良く言えば、詩作品が大胆な感情の吐露を自らに許しているに違いない。実際、この作品は、作者カーヴァーの実人生を知るために欠かせない作品のひとつだろう。他にも、「破産」（四：一一八―一一九）、「サクラメントの最初の家」（五：五三―五五）、「来年」（五：五六―五八）など、彼の詩作品の多くが、彼の人生の細部を記憶し、伝記的な事実へあからさまに言及する。もちろん、記憶体であることが、直ちに詩作品としての価値を保証するわけではない。少なくとも言えることは、記憶機能を作品が備えていることに、カーヴァー詩学の秘密が垣間見られる。すなわち、カーヴァーは、詩作品としての完成度・均整感、ないしは、成熟した経験、あるいは、沈思黙考の成果といった伝統的な詩作品の評価基準を逸脱したところで詩を書いている。そして、これを許すのが社会意識および方法意識の欠如である。

社会意識の欠如について言えば、やはり、**W・B・**イェイツの「学校にて」を念頭に置いているように思える「小学校の机」（五：四一〇—一五）でも、アルコール中毒へ向かうじぶんの子どもたちを「運が悪い」と考える。こうした現状受諾的な態度は、自己の発見やアイデンティティ・クライシス、あるいは、〈個＝自己〉と〈多＝社会〉の対立項を軸とするハイブラウなアメリカ文学史では許されない。まるで伝統的な日本人の感性のようだ。また、保守主義か自由主義かは別にして、アメリカの作家たちはすべからく、書くことが政治的であることを自覚していた。しかし、カーヴァーは、「しゃべり過ぎると文句を言う」別れた女房や、「数千マイル先にいるぼくの愛する者たち＝私たち＝もとの家族」が、「ここにもいる」という幻想をカゲロウに見るだけだ。あるいは、魚がたくさん釣れるだろうという予感がするだけだ。ヴェトナム戦争敗戦後をどう生きるのかという問題意識もない。「ヴェト公からとってきた耳」を見せる黒人兵は、主人公の一夜のアヴァンチュールを白けさせるだけだ。（三：一九八）「呪われたもの」（五：六二—六四）でも、罪を悔いたいと思う。しかし、「遅すぎる」というお決まりの台詞で現状を受諾する。同じく、アメリカ文学が信頼してきたものは、決して、夫婦愛や異性愛ではなくて、シスターフッドを含めた大きな意味での友情であることは承知の事実である。ホイットマンの詩作品に溢れる友情の讃歌や、小説では、イシュメールとクイークェグ、ハックとジム、ニックとギャッツビーなどを、すぐに挙げることができる。しかし、カーヴァーは、それが彼の作者としての誠実さなのだろうが、「友情」というエッセイで、友人のために命を投げ出すわけがない、「自分が一番かわいい」（七：三九〇）などと、言わずもがなのことを言わずにはいられない。断言してもいいが、こういった誠実さは、結婚生活を含めてあらゆる社会生活を破綻に追いやるだろう。

カーヴァーにおける方法意識の欠如について言えば、効果が不明なのに、主語や述語が欠落する非文が少なからず頻出する。行数を含めて連構成への強烈な自意識が見られない。叙述的で弛緩した文が少なくない。村上が素材に従って詩作品を大きく四つに分類しているが、（五：五〇三―一六）内容が多種多様すぎて、カーヴァーにとって、詩的であるとは何かが定義しづらい。おのおのの作品に統一感が確保されているものの、少なくない作品が、備忘録・日記や私信（の一部）・自己告白・自愛行為・実験といった未熟・未完成の印象を与える。

「いきさつ」（五：四二四―二七）で「詩を読まない生活」「詩を書かない生活」が人生と言えるのかというほどに、詩への強い思いがカーヴァーにあるのは分かる。しかし、その主たる理由が、詩をメモワール、すなわち、「うたったほうがいいのは、今はもう失われて／二度と戻ることのないもの」（五：二一）と捉えているためなのだろう。『ウルトラマリン』を書評するクズマは、詩の多くが「記憶と屈辱の想起」であると指摘する。（Kuzma 356）テス・ギャラガーもまた、伝記的な読みを促す。（六：二四四など）カーヴァーを愛すなら、少なくとも、関心があるのなら、彼の書いたものすべてがかけがえのないものであろうことは、了解できないでもない。ただし、それが詩の読み方として正しいのかどうかは、別問題である。

方法意識の欠如を示す好例は、「ソーダ・クラッカーズ」（七：一六一－六三）だろう。こんな素材を詩にできるのかと驚く人もいるだろうが、カーヴァーが師と仰ぐウィリアム・カーロス・ウィリアムズの詩には、こういった素材で充ち満ちている。問題は、素材としてのソーダ・クラッカーではなく、それに呼び掛けて擬人化する試みである。隠されたメッセージとして、つまらない日常からの脱出をうたうのだろう。この方向は、「夜になると鮭は……」（四：一九七）と同列である。後者には、反キリスト教的なアニミズムの臭いさえ感じる。荒唐無稽な話のなかに、鮭が町中を探検するときの興奮、鮭の訪問を待ちわびる「ぼくら」に、翌朝やって来るつまらない日常への醒めた目がある。こうした感覚は、彼の基本と思われているリアリズムの手法とどう折り合うのかという疑問を起こさせる。

カーヴァーの詩は、彼の頭に渦巻く様ざまなストーリーを記録する。村上によれば、「美味しい」ストーリーに溢れている。（六：四九七）「ハミド・ラムーズ」（四：一一六―一七）や「女病理学者であるプラット博士に捧げられた詩」（四：一九九―二〇一）、「キッチン」（六：三一九―二二）、「サスペンダー」（六：三二五―二七）などは、ほんの一例にすぎない。

詩作品はまた、カーヴァーが想像力を発揮する場というよりは、想像力へ慰めを与える手段のようだ。彼は、細部にこだわるが、しかし、事実にこだわるわけではない。「二二歳の父の肖像」は、詩を書いたときの気分に相応しいという理由で、父の死んだ月を六月から一〇月に変える。（四：二九―三一）こうした作業が、伝記を虚構へ変える努力の痕跡をわずかながら示すのかもしれない。しかし、同時に、事実が尊重されない点は、あらためて問われるべきだろう。おそらくは、作者精神におけるリアリズムの問題に帰着するはずだ。

あるいは、大旅行家となって詩の世界を駆け巡る。ロードス島、テルアヴィヴ、マケドニア、イスラエル西部の元港市ヤッファ、イスラエル南端の町ベールシェバ。あるいは、お隣のメキシコで、パンチョ・ヴィラと亡命中のウロンスキー伯爵の会食に立ち会う。時には、時間の旅行者となって、クセルクセスなど、紀元前四〇〇年の古代ギリシアを題材とする。さらに、お気に入りの作者の名を呼び、そのエピソードに言葉を与える。順不同に名を上げるなら、シェイクスピア、テニスン、フロベール、バルザック、ボードレール、カフカ、マーク・トウェイン、シャーウッド・アンダーソン、ヘミングウェイ、W・C・ウィリアムズ、チェーホフなど。釣りや不眠を含めた眠りを多く題材とする点でも、カーヴァーは、詩がきわめて個人的であることを、心置きなく謳歌しているように思える。

3

カーヴァーは、確かに、先行する詩人たちに幾分か似ている。

たとえば、カーヴァーは、核時代のエドガー・アラン・ポーだと言える。酒に溺れた点、短篇と詩に想像力を注いだ点、人類の未来を信じたくて信じられなかった点、題材を失われた過去や死んだ者たちに求めた点など共通する要素が少なからずある。ポーが愛に救いを求めたように、カーヴァーもまた、愛に救いを求めた。しかも、ともに、愛を信じたくて信じられず、その救いが得難いことをよく承知していた。ポーは、一気に（"one sitting"）読み切れる作品がいい作品だと「構成の原理」で主張した。（*NAAL* 754）カーヴァーは、一気に書ける作品がいい作品だと言うだろう。あるインタヴューで、「なぜ、小説ではなくて、短篇を書くのですか」と尋ねられて、「それは、生活環境のせいです。ぼくは、若かった。一八歳で結婚し、妻は一七歳で妊娠していた。ぼくにはお金が無くて、ふたりとも四六時中働きながら二人の子どもを育てなければならなかった。大学に通って書き方を教わる必要もあった。二、三年かかるかもしれないものを書き始めるなんて到底不可能だっただけです。だから、詩と短篇に決めたんです。テーブルに向かい始めて、一気に（"one sitting"）終わらせることが出来るから」と答えている。（"Prose" なお、四：六九を参照）ポーは読者の知的持続を信頼しなかったが、カーヴァーは、自らの想像力の持続を信じなかった。

カーヴァーは、同じインタヴューで、「スティーヴンズは気に入らない。ウィリアムズが好きだよ。あと、フロストとか、他の同時代の詩人たち」と述べる。（"Prose"）たとえば、「単純」（五：四六九）で、ラズベリーを食べる語り手の姿に、ウィリアムズの「ちょっと一言」（*NAAL* 1927）で真夜中にプラムを食べる語り手の姿を思い浮かべても良い。俗語や日常語、非文をふんだんに使用する点も、ウィリアムズ風だ。しかし、ウィリアムズが、たとえば、『パタソン』でアメリカ全体をひとつの都市に縮図して批評しようとした態度を共有するわけではない。美を支え、ないしは、美と対照されるための現代のざわめきを意識的に詩作品に導入するわけでもない。あるいは、アメリカ語による「美」の創出をスローガンとして掲げるわけでもない。

表現を抑制する技法や文体感覚において、カーヴァーは、フロストによく似ているように思える。明白に指示せず、「もういつだって　何かが起こるだろう」（四：一〇二）とか、「長いあいだ留守にしていた/誰か」（五：三一）といった書き方である。「投げ売り」（四：一〇八―一一〇）でも、「誰かがすぐに姿を現して彼らを救わねばならなかった」と言うが、その「誰か」とはもはや、神ではない。ただ、呪文のごとく、「誰かが何かをしなければならない」と願う。この先行例は、たとえば、フロストに見つかる。しかし、あの「塀直し」(*NAAL* 1859-60)で繰り返される「何か」が実際、何を暗示するのか、フロストには分かっていた。秘密を示唆して、発見の喜びを読者に与えた。カーヴァーは、短篇・詩を問わず、「some/-thing, -one, -where, -how」といった言葉を使いがちだが、その「何か/誰か」がほんとうに「何/誰」なのかを知らない。短篇についてだが、クロード・グリマルが「あなたは秘密についてたくさんしゃべりながら、それが何か教えてくれない。だから読者には、ある種の欲求不満があるんです」と指摘すると、カーヴァーは、「だって、じぶんにも分からないんだ」と言下に答えている。("Prose")

否定しようのないことだが、カーヴァーの詩作品が社会的意識と方法意識を欠く記憶体であることは、多くの弱点を露呈させているし、そのうちの幾つかは既に指摘した。しかし、弱点を勘案してなお、鑑賞に耐え世紀と言語を超えると思われる作品が少なくとも五つはある。そして、そうした作品が五つあれば、詩人として評価されて十分だろう。この五つを列記すれば、「ウールワース 一九五四」(五:一四—一九)、「父さんの財布」(五:一一二—一一六)、「電話ボックス」(五:四六一—六五)、「もう一つのミステリー」(六:三三八—四〇)、「レモネード」(六:四二四—四三〇)である。

「ウールワース 一九五四」では、はまぐり採りへ誘われた電話から、ヤキマでの青春時代を思い出す。婦人下着を「ランジェリー」ではなく「リンガ・リー」と発音する勤務先の先輩を思い出し、次に、「リンガ・リー」をじぶんに脱がさせてくれた女の子たちを思う。今はもう、みな年をとったか、死んだ。だが、この詩の触りは、そうした惜別の嘆きではなく、生き物のように女の子の身体にまつわりつく「リンガ・リー」の「生態」描写だ。「電話ボックス」は、知らない夫婦が死の知らせを授受した電話を使って、別れた妻と話して罵られる話だ。息を殺して互いの通話内容に耳をそばだてる姿に悲惨と悲哀を読む。「父さんの財布」は、アメリカ詩の伝統を退廃的に受け継いでいる。父が遺骸となって「このとんでもない最後の旅行」を敢行するが、ホイットマンによって歌われたリンカーンの葬送を思い出すこともない。「レモネード」は、子どもの死の原因がじぶんにあると思い詰めて狂気の世界へ入った父の姿を扱う。ヘリコプターが、釣り上げた子どもの溺死体を父の足下に横たえる場面が冷酷である。「もう一つのミステリー」は、祖父の遺骸に着せるためスーツをクリーニング屋へ取りに行く父を思い出しながら、その父の遺骸に着せた替上着から、じぶんの背広の話につながる。「ビニールに穿った穴」から「向こう側」の世界に届くという発想にアイロニーがある。

これら五作品に加えて、既に別の文脈で言及したが、短篇「ダンスしないか」と設定を共有する「投げ売り」（四：一〇八―一一〇）、むしろ密やかに娘の犬が死んで詩ができることをよろこぶ

「君の犬が死ぬ」（四：一一一─一三）、流れのなかで傷つき滞留する魚におのれの人生を投影しているように思える「流れ」（四：二二五）、ジェームズ・ジョイスの墓参りを素材とする「スイスにて」（五：一三八─四二）、走る車の、たった三インチ開いていた窓から飛び込んで当った氷の雪玉とその「痛みと屈辱」を思い出す「投げる」（五：二六七─七〇）、恐怖を利用するしかない夫婦愛を描いた「外側にいる男」（七：一三九─四一）なども良い作品である。

これらの詩作品は、基本的に短篇小説の作法にのっとって書かれている。マイヤーが一般論として指摘しているが、「詩を書いていようと散文だろうと、物語を書こうとしている。……連とか韻律とかはほとんど意味がない」（Meyer 163）のだ。この点を、ケーネも、ジャスティスも裏付けている。ケーネは、「カーヴァーは、自分のことを第一に小説家だと考えていた。……彼の書く詩は、フィクションに似ている」と言い、（"Echoes"）ジャスティスは、「彼は、物語作者です。……彼の詩作は、創作全体のなかの一部で、やはり、フィクションの方でより完成された作者だと言っておこう」（Halpert 32–33）と述べる。

「カーヴァー・カントリー」と言われる彼の世界は、短篇に限ったことではない。「詩もまた、カーヴァー・カントリーの生活を書いている」（Meyer 164）のは確かである。ただし、それが必ずしも一流の作品であることを意味しない。では、上記の五作品、ないしは、一〇数編が単なるメモワールではなくて、一流の作品となるのはどうしてなのだろうか。まず、統一性がある。しかし、より重要なのは、愛と死である。愛と死が題材として取り上げられながら、肯定的なテーマとならない点にカーヴァーの特徴がある。各作品に、「愛について語るときに何が語れるのか」「死について語るときに何が語れるのか」という倫理的な問いが内包されている。そう問う姿勢が、詩の美しさを確保する。たとえ、答えが否定的であることを予感していても。あるいは、それゆえに。「救済は、救済の不在という空白の形をとって姿を現す」(村上 二四六)。たとえ、その途上で死ぬとしても。あるいは、それゆえに。欠如として、愛が姿を現し、空白として、死が姿を現す。始まりと終わりがあるだけだ。それは、生と死であるにすぎない。

4

予告された死は、作者を変える。死の五週間前に彼と会った長年の友人ディック・デイは、「病気に負けそうだと知って、レイは、驚いていた」と証言する。(Halpert 196)「死に負けそうなとき」、人物描写や場面設定、ディテール、時間配分などへの気遣いが、関心から外れても誰も不思議には思うまい。

カーヴァーが詩人として出発し、詩人としてその生涯を閉じたというい う言い方は、半ばの真理にすぎない。確かに、最初の出版が詩集『クラマス川近くで』(一九六八年)であり、最後の出版は、死後出版だが、やはり詩集『滝への新しい小径』（一九八九年）であった。ギャラガーによれば、「彼の病状が転機を迎えるたびに、彼はこう尋ねたものです。「残された人生で僕に何ができるだろうね？」と。脳腫瘍への恐怖と、そしてあとになって──六月のことでしたが──肺癌が再発したにもかかわらず、彼は詩を書くことを選びました」（ギャラハー《ママ》二五二）。しかし、死そのものよりは、死期を知るか否かが重大な問題である。「詩しか書けない／詩を選んだ」（五：五〇二）という言い方は、カーヴァーに関して、正しくはない。彼が「西暦二〇二〇年」（五：一〇〇―二）で密かに望んでいたように、八二歳まで生きているとすれば、どうだろうか。八二歳までの寿命を望むこと自体、誰も大それたことだとは言うまい。実際、ギャラガーによれば、「彼の死後、数日経って、私はポートエンジェルズにある彼の書斎に入りました。……そして一ダースのフォルダーを見つけました。その中には、二〇一五年までたっぷり書き続けられるだけの量の小説のアイディアが詰め込まれていました」と記している。（ギャラハー《ママ》二五四頁）もしも、生き永らえたなら、少なくとも、死期を予告するような死でなかったなら、彼は、短篇小説家として生きただろう。

テス・ギャラガーがカーヴァーの死を悼んで制作した作品に「お通夜」がある。これを訳して、稿を閉じよう。もちろん、彼女の悲しみは、彼女のものだ。われらには関わらない。今や、個人的であること以外に、どのような生き方が可能なのか。けれど、それが結論ではなくて、始まりであるなら、今ここで、なぜに詩人であるのかが、なお愚問であることはなく、また、答えが失われていることもないだろう。死はすべからく、詩を求める。死にゆく者も、死に残される者も。

お通夜

三晩　あなたが　わたしたちの家に横たわり
三晩　冷たい身体のなかにいた
知りたかったのは　どれほど確かに
わたしがひとり残されたのかということ　部屋の巨大な暗やみのなか
わたしたちの背の高いベッドを這い上がり　あなたの隣に入る　このベッドは
わたしたちがそこで愛し合った　そこで眠った　結ばれて
離れたところ

あなたの回りには　冷気の暈があった
身体の伝えるものが遠くに運ばれ
死のなか　わたし自身の温みが銀白色をまとう

声となり　壊れずに伝えられる　雪を横切り　ただに聞く
呼ぶということ　その明白さ　わたしたち　死んでいましたね
ほんのちょっとだけ　その時　透き通って
浮かび　奇妙にも広い天蓋のうえは
確かに　見捨てられた世界でした　(Gallagher 165)

＊引用／参考文献——

出典は、本文中の（　）で示した。詳しくは、以下のリストを参照されたい。なお、コロンで分ち書きされた数字はすべて、『レイモンド・カーヴァー全集』の巻数と頁を示す。たとえば、（四：二二五）は、第四巻二二五頁。なお、日本語への翻訳は、『全集』を参考にしながら、筆者が原書から行った。

Carver, Raymond. *All of Us: The Collected Poems.* London. The Harvill P, 1997.

カーヴァー、レイモンド。『レイモンド・カーヴァー全集』村上春樹訳、七巻［二〇〇二年現在］。中央公論新社、一九九〇-二〇〇二年。

"Echoes"="Echoes of Our Own Lives: Interview with Raymond Carver." Conducted by David Koehne, on April 15, 1978. 2002. 9. 14.〈http://world.std.com/~ptc/rayarticle.html〉.

Gallagher, Tess. *My Black Horse: New and Selected Poems.* New Castle. Bloodaxe Books, 1995.

ギャラハー《ママ》、テス。「夫レイモンドを偲んで」村上春樹訳、『新潮』、一九八九年四月号：二五〇-二五四頁。

Halpert, Sam. *Raymond Carver: An Oral Biography.* Iowa City: U of Iowa P, 1995.

ハイデッガー、マルティン。『乏しき時代の詩人』手塚富雄・高橋英夫訳、理想社、一九五八年。

Kuzma, Greg. "*Ultramarine*: Poems That Almost Stop the Heart." *Michigan Quarterly Review.* XXVII, 2. Spring 1988: 355-63.

Meyer, Adam. *Raymond Carver.* New York. Twayne Publishers, 1994.

村上春樹「レイモンド・カーヴァーの早すぎた死」『新潮』一九八九年四月号：二四四-二四九頁。

NAAL = Baym, Nina ed. *The Norton Anthology of American Literature, 5th Ed.* New York & London. W. W. Norton, 1999.

"Prose"="Prose as Architecture: Two Interviews with Raymond Carver." Translated by William L. Stull, 1995-96 Clockwatch Review Inc. 2002. 9. 14. 〈http://titan.iwu.edu/~jplath/carver.html〉.

III　コミュニケーション

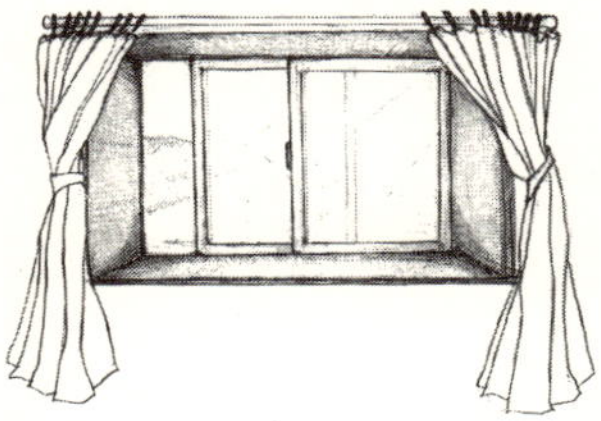

ちょっと外に出て、うっかりドアを
閉めてしまう。これはまずいと
はっと思ったときにはもう
手遅れ。そういうのってまるで人生そのものだと
あなたが思ったら、いやまさにそのとおり。
（「鍵がかかってしまって、うちの中に入れない」より）

6

大地に吹く風

カーヴァーが描いたインディアンと「六〇エーカー」

宮脇俊文

1

閉ざされた空間と孤立性

レイモンド・カーヴァーの短編は、キッチンなり、リビング・ルームなりといった限られた狭い空間で展開されることが多い。主人公はそうした空間に自身を閉じ込めているといった印象が強いことは確かだ。なぜ彼らはもっと広い場所に出ようとしないのか？　なぜそうした閉塞的状況に身をおくのか？　そんな息の詰まるような場所でいったい何を待っているというのか？　読者はそうした疑問をごく自然に抱くであろう。

人間関係に行き詰まり、社会での身の置き場をなくした人々が、どこか狭い空間に閉じこもる。

それはそれで十分に理解できる現象だ。でもそんなところにいつまでも閉じこもっていたところで、何も解決はしないし、出口は見つからない。もっと外に出て行かなければ何もはじまらない。そう考えるのもまたごく自然なことであろう。

しかし、それは空間だけの問題なのだろうか？　閉ざされた場所から広い世界に踏み出せば、問題は解決するのだろうか？　それは、必ずしもそうではなさそうだ。そう簡単なものではないのだ。『頼むから静かにしてくれ』に収められた「六〇エーカー」（"Sixty Acres"）がそのいい例だろう。これは、ネイティヴ・アメリカンが主人公として描かれている、カーヴァーの作品の中でも異色のものである。

この作品の舞台には、そのタイトルからも想像できるように、空間的な広がりがある。にもかかわらず、そこにはなんとも言いようのない停滞した空気と、周囲から完全に孤立した雰囲気が漂っている。開放感にあふれているはずの自然界が舞台であるにもかかわらず、そこには閉塞感が充満している。その広さゆえに孤立性が際立っているともいえるが、その閉塞的状況は尋常ではない。息が詰まりそうな感じさえしてくる。

それは、とても寂しい一枚の風景画のような世界で、そこには動きといったものがまるでない。空は低く、風もなく、生き物の活力さえ感じられない世界だ。空を飛ぶ鴨も撃ち落されてしまう。そんな中に主人公のリー・ウェイトは暮らしている。彼には年老いた母親と妻、それに三人の子供がいる。しかし、そこには家庭の温かさといったものは感じられない。なぜか殺伐とした空気が漂っている。このように、これは限られた空間で展開されるカーヴァーの他の物語となんら変わらない作品である。

カーヴァーの世界に超大国アメリカの姿は見えてこない。そこには、貧困や苦難の中、ただひたすら生きることのみを日々の目標としている人々の素朴な姿が描かれている。それは、まるで歴史から取り残されたかのようなアメリカン・インディアンの存在と二重写しになってくる。彼らの置かれた状況は、主人公のリー・ウェイトのように、まさに究極の孤立状態ということができるのだ。それは、究極の閉鎖空間だ。その先はもうない。

社会の「こちら側」から「あちら側」に追いやられている人々を描くカーヴァー。そうした状況に置かれた人々が、カーヴァー作品の中心をなしている。その意味では、一見異色の作品であるようでいて、このインディアンの話は、実は他の短編と軌を一にしているといえる。そう考えるとき、ここに一つの皮肉な状況が見えてくる。彼らインディアンを片隅に追いやることで手に入れた、自由であるはずの世界において、追いやった側の人たちの中にもまた閉ざされた状況に陥っている人々が多くいるというアメリカ史の中の皮肉だ。

カーヴァーが育ったワシントン州ヤキマの町の近くには、インディアンの保留地がある。したがって彼がインディアンという存在を身近に見ていた、あるいは感じていた可能性は高い。しかし、数多い作品の中で、カーヴァーがインディアンを描いたのは唯一この短編だけだ。「学生の妻」("Student's Wife") にネズ・パースの血をひいたインディアン女性が登場するが、そこではそれ以上インディアンの世界には踏み込んでいない。この女性がインディアンでなければならないという必然性は見あたらない。また、その他ほんの脇役として、川で釣りをしているインディアンの姿が描かれている程度で、それ以外一切登場していない。

なぜカーヴァーは「六〇エーカー」にしかインディアンを描かなかったのか、それはわからない。ただ、カーヴァーはこうした究極の閉塞状況にあるリー・ウェイトをここに提示してしまった以上、その後はもうそれ以上描けなかったのかもしれない。それほど、行き詰った状況がここには描かれている。いずれにせよ、歴史的に見て、インディアンがアメリカ社会の中でも特殊な存在であるからこそ、よりこの作品の究極的な閉塞感が際立っていることは確かだ。

話を戻せば、要するに、カーヴァーが問題にしているのは、場所や空間的な広がりではないということだ。それは、どこにいても同じことなのだ。かりに狭い空間から外の世界に出て行こうとしたからといって、何も変わらないこともある。たとえば、「引越し」("Boxes") という作品。この話では、語り手の「僕」の母親は常に引越しを繰り返している。その移動距離を考えただけでも、決して閉じこもった生活ではなく、そこには動きがある。アメリカ人の特徴の一つである「移動性」がある。しかし、それによって何かが変わったのだろうか? この母親は、新たな場所に移動するたびに、常に未来への明るい展望が開けるかのように考えている。だが、結局は何もない。何も起こらない。それでまた次の場所へと移動していく。まさに、「箱」(box)から「箱」へと移動しているだけで、結局は同じ状態が保たれているにすぎないのだ。それは、外の世界に出て行くような錯覚にすぎない。移動を繰り返す中で、郵便がうまく転送されなくなってしまうという事実にも現れているように、連絡、あるいはコミュニケーションが断たれてしまうのだ。

また「コンパートメント」("The Compartment")のケースでは、旅をすることにより、外の世界に出て行ったところで、列車という「箱」の中に自身を閉じ込めていては何も変わらない。窓の外の景色は変わっても、主人公はいつもの「箱」のまま移動しているにすぎないからだ。ここでは、たまたま思いがけない出来事から別の車両に移ることになり、違った世界を見る機会を得ることにはなるが、それはあくまでも偶然のなせる業であり、列車という設定である必要はない。つまり、移動や空間的広がりとは直接関係がないということだ。

2 閉ざされた心

狭い空間と人の孤立が必ずしも結びつかないということは、カーヴァー後期の代表的作品、

「大聖堂」（"Cathedral"）に顕著に描かれている。ここに登場する盲人のロバートは、誰よりも多くのものを見ているといえるのではないか。彼こそ、誰よりも、少なくともこの家の主人よりも、広い世界とつながっている。目では何も見えないが、心で見ているといえばいいのだろうか。確かに、それは「心の開放」の問題らしい。心を閉ざしたままでは、何も見えないし、どこにも行けない。そして、そこには救済もない。

われわれはどこにいても孤独だ。すぐに孤立してしまう。しかしその事実を現実として、避けがたいこととして受け入れることができたとき、人は人と「つながる」チャンスを手にすることができるのかもしれない。このチャンスは別段苦労して手に入れるようなものではない。人は何か特別「ドラマチックで、ロマンチックな」出来事でもなければ、自分は変われないし、また救われることもないと考えがちだ。でもそれは違う。それはごく身近に転がっているのだ。ただ人は、それが見えていても見ようとしないだけなのだ。それが聞こえていても聞こうとしないだけなのだ。そうしてみすみすチャンスを逃しているのだ。

こう考えるとき、リー・ウェイトにもチャンスはあった。まず、知り合いの老インディアンであるジョゼフ・イーグルからの電話。でもウェイトはこの電話を歓迎はしない。「その電話さえかかってこなければ……」（*Will You Please* 六二）と考える始末である。わざわざ侵入者に関する情報を提供してくれたイーグルに対して、余計なお世話といった感じの反応である。これは、妻かガールフレンドか、どちらに先に電話をかけようか迷いながらも、電話をかけるということを積極的に考え、そこで誰かとつながろうとしている「僕が電話をかけている場所」（“Where I'm Calling From”）の主人公とは対照的な姿勢だ。次に、仕方なく自分の土地に向かう途中、道路整備の車に出会うシーンでも、ウェイトは、運転台から身を乗り出して手を振る男と目を合わせることをあえて避けている。ここで挨拶を交わすくらいのことはなんでもないはずだ。しかし彼はかたくなに自分を閉ざしている。

そして次に、侵入者である二人の少年との出会い。そう、それも出会いのひとつに違いない。決して歓迎すべき客人ではないにしろ、それが何かの変化のきっかけになる可能性はあるのだ。事実、カーヴァーの作品には、そうした外からの侵入者の登場によって、主人公が何かに目覚めていくというタイプのものが数多くある。たとえば、「でぶ」（“Fat”）。あるレストランにやってきた異常に太った男との出会い。この男は著名人でもなんでもなく、ただのデブだ。しかしなぜか主人公の女性はこの男に興味を引かれる。そうして友達にその男の話をしているうちに、自分の中の変化を確信するのである。なんとも言えず、いい話だ。とてもリアリティーにあふれている。日常のなんでもない出来事の中に、自分を変えてくれるチャンスは存在している。そこに明確な理由など必要ないのだ。

もうひとつ例を挙げれば、「収集」（“Collectors”）にも同じような現象が見られる。ある郵便を待ち続けて、独り部屋に閉じこもっている主人公の男のもとに、ひとりの掃除機のセールスマンがやってくる。男はそんなものには何の興味もない。早く帰ってほしいと願うだけである。しかし、このセールスマンとのかかわりの中で男は変化していく。明確な理由はないが、とにかくそれまでの自分とは違う自分を発見する。これも実になさそうでいて、実にありそうな話である。他にも例を挙げればきりがないが、カーヴァーはこのように外からの何気ない訪問者、あるいは侵入者とのかかわりを見事なストーリーに仕上げていく。「そうか、そんな可能性もあるんだ」と気づかせてくれるという点で、見事なのである。では、リー・ウェイトの場合はどうだろうか？　変化は見られるのか？　彼らのやり取りはこんなふうだ。

「おい、お前ら、ここを誰の土地だと思ってるんだ？」とウェイトは言った。「俺の土地で鴨を撃つってのはいったいどういう料簡なんだ？」

一人の少年が手を顔の前にかざしたまま用心深く振り向いてこっちを見た。「どうするつもりなんですか？」

「さあ、どうするつもりだろうな」とウェイトが言った。彼の声は彼自身にも奇妙な声に聞こえた。軽くて、実体がない。(*Will You Please* 六九)

リーの声には重みがない。迫力にもかける。目の前にいる二人の少年とどう向き合えばいいのかがわからないようだ。本当に追い出すことが最良なのかどうかもわかっていないのかもしれない。ただ、かかわりたくない。面倒はいやだ。そういう姿勢が身に染みついてしまっているだけのようだ。もしほんとうに土地を守るために、断固として外部の人間を寄せ付けたくないのであれば、そこで威嚇発砲をするくらいのことはできたはずだ。だがそうはしない。自分でも驚くような言葉を浴びせかけるだけである――「出鱈目言うんじゃねえよ!」(七〇)。

こうして、リーは少年たちを嘘つきだとののしる。しかし嘘をついているのは果たして少年たちだけなのだろうか? ウェイト自身はどうなのか? 「そこにじっと立って待っていると、彼の両膝は理由もなくがくがくと震えはじめた」。この震えは怖さからくるものではないだろう。自分の嘘に対して何か言いようのない感情に襲われているのだ。

彼は連中を土地から追い出したのだ。なんといってもそれが大事なことなのだ。しかし彼にはよくわからなかった。何か決定的なことが起こってしまったような感じがするのだ。しくじって駄目にしてしまったような。

でも何かが起こったわけでもないのだ。(七一―七二)

ここで大事なことは、本人にもよくわからないものの、「何か決定的なこと」が起こってしまったような気持ちになっていることだ。侵入者を追い出すことこそがもっとも大切であり、そのことを実行したにもかかわらず、彼の心に残っているのは、満足感ではなく、重苦しい喪失感だ。確かに何も起こらなかった。ただ侵入者を追い出しただけのことだ。しかし、ウェイトにはわかっている。自分のとった行動が本心から来るものではないことを。また、少なくとも自身の中に何らかの心理的変化が生じたことにも気づいている。ただそれをうまく説明できないだけなのだ。この段階では、彼の中の変化はまだ明確な形をとってはいない。しかしこの少年たちと向き合うことで、リー・ウェイトの心の中には、少なくとも何かが芽生えはじめたことは事実だ。

彼はあまりにも長い間、自分自身を外界から閉ざしてきた。一種のトラウマのような状態からなかなか抜け出せないでいる。しかし、それは無理もないことかもしれない。誰にもそれを責めることはできないのかもしれない。彼はすでに二人の兄を亡くしているのだから。それも外の世界の暴力によってである。ここにはまたアメリカン・インディアンの歴史的トラウマが集約されているともいえそうだが、いずれにせよ彼の心の中は複雑に違いない。兄たちの死の結果、ウェイトは六〇エーカーの土地を全部自分ひとりで継ぐことになり、おまけにそこには次から次へと白人たちが侵入してくるのだ。そのことは、兄たちの死の記憶だけではなく、アメリカ先住民すべての悲劇の記憶をよみがえらせるものでもある。そこにあるのは「暴力」そのものである。

政府によって土地を割り当てられ、この地に追いやられる形での生活を余儀なくされているアメリカン・インディアンの末裔であるリー・ウェイトは、またも暴力によって二人の兄をなくしてしまった。そんな彼が自身を外界から閉ざし、一切かかわりを持ちたくないと思うのも当然だ。魂を抜き取られ、誇りをも奪われてしまった彼らにできることはただ一つ。じっと息を潜めて生きること。それしかない。馬を飼っていた頃からの習慣で、ゲートの扉は常に閉ざされている。もうその必要はないにもかかわらずだ。我が家に戻ったところで、その小さな家には彼の居場所はないようだ。ほとんど口をきかない母親と疲れきった様子の妻。しゃがみこんだ床さえもが傾いて見え、彼に向かって迫ってくるのだ。

しかしそれではあまりにも救われない。彼はこれ以上どこに追いやられなければならないのか？　もうこれ以上自分を閉じこめる場所はない。それでは、彼はこのまま押しつぶされてしまうのだろうか？　もう永遠に救われることはないのだろうか？　カーヴァーはリー・ウェイトを見捨ててしまうのだろうか？

3　大地に吹く風

リー・ウェイトはまだ人とつながるチャンスをうまくつかめてはいないようだ。鴨を撃つために侵入してきた少年たちとの出会いの中でも、別の対処法があったかもしれないが、彼は結局きっかけをうまくつかめなかった。ただ、このことがあったあとで、少なくとも彼にはひとつの変化の兆しが生じている。それは、「あれは俺の土地だ」（七四）という力強い言葉だ。これはウェイトにとっては大きな変化だといえるだろう。少なくともしばらく寄りつこうとはしなかったその土地に対して、何らかの前向きな意識が芽生えている。

少年たちとのやり取りでは、大きな喪失感しか味わえなかったかもしれない。でもそれがきっかけで六〇エーカーの土地への思いには変化が生じている。白人たちにそれを貸すことが一概にいいことだと言えるのかどうかはわからない。ただ、このままではいけないという気持ちがそこに芽生えたことは確かだ。完全に停滞した雰囲気の中に、わずかながらも動きが出てきた感がある。土地をリースすることによって入ってくる金額よりも、これは大きなことであるはずだ。最後には押しつぶされてしまいそうなウェイトではあるが、この場面で彼のとる行動は注目に値する。

彼はじっと床を見つめた。床は彼のほうに向けてかしいでいるように見えた。それは動いているみたいだった。彼は目を閉じて、体を安定させるために両手を耳につけた。それからその手を丸くして耳のまわりを覆ってみた。貝殻から音を立てて風が吹出してくるような、そんな

轟音がよく聞き取れるようにと。(七六)

ここで彼は自分の耳で風の音を聞き取ろうとしている。その体内に風を吸収し、それを通して忘れかけていた大地との接触を取り戻そうとしている。迫りくる床の動きは、大地のうねりかもしれない。そういえば、彼が家を出るときにはまったくの無風状態であった。その空気は冷たくじっとしたままだった。

母なる大地とのつながり、それはアメリカ先住民にとっては何よりも大切なものであった。この感覚を取り戻すことで、リー・ウェイトはインディアンとしての誇りを取り戻すことができるはずだ。また、ここで彼は、その風の向こうに鮭の泳ぐ姿を見ているにちがいない。長い間忘れられて放置されていた「鮭突き用のヤス」(七五)に目を留めた彼は、それを棚から下ろし、ヤスに巻きつけられた網をはがしはじめている。かつてはこのヤスと網とで鮭を捕まえていたにちがいない。そんなことをウェイトはここで再び思い出しているはずだ。忘れかけていた何かが少しずつよみがえってきている。

これはウェイトにとっては大きな変化だ。人とのつながりの回復にはまだ時間がかかりそうだ。しかし、それはあせる必要はない。まず大地との関係を取り戻し、そこに流れる川を泳ぐ鮭を捕まえることから始めればいい。それからゆっくりと次の段階に進めばいいではないか。鮭が泳ぐ川を辿っていけば、その流れはまたきっとどこかで別の流れと合流するはずだ。「水と水とが出会うところ」にきっと到達するはずだ。ただ、流れは時に滞ることもある。「水と水とが出会うところ」(“Where Water Comes Together With Other Water”)の詩の中でも、再び流れはじめるのに五年の歳月を要したとある。まさに、四、五年の間、六〇エーカーの土地に近寄らなかったリー・ウェイトも同じ状況だ。海は遠い。はるか先だ。でもいつかはきっと……

大切なことは、いま自分がいる場所をしっかりと確認することだ。自分は今どこにいて何をしようとしているのか、そしてこれからどこに行こうとしているのか? そんな自分をしっかりと見つめることだ。そう、自分が「電話をかけている場所」をしっかりと把握することだ。そうすれば、きっと自分の世界が見えてくるはずだ。閉ざされた世界から解放され、新たな広がりが期待できるに違いない。たとえ、相手が電話に出なくても、その先に誰かがいることをきっと確信できるはずだ。

今日の午後は心ゆくまで時間をとろう。
この河辺の家をあとにする前に。(*Where Water Comes* 一七)

そうすれば、ウェイトもほんとうの風を全身に感じることができるはずだ。「風」(“Wind”)と題する詩の中でカーヴァーは言う――

僕は風が顔と耳をあおぐのを感じる。髪をさわさわと揺らすのが
感じられる。それはどんな女の指よりもやさしく
思える。（*Ultramarine* 八〇）

女性の指よりもやさしい風、それはアメリカの大地を、母なる大地を吹き抜ける風。かつて先住民たちが謳歌した自然との一体感を彷彿とさせる。

リー・ウェイトの六〇エーカーの土地にも風は吹いているはずだ。その風は今は冷たい。しかし春への準備期間であるこの冬が終われば、その風はもっと暖かく優しくなるはずだ。女性の指の感触よりも。これほど、ドラマチックでロマンチックなことが他にあるだろうか？

＊引用／参考文献――
作品からの引用は、すべて村上春樹訳によるものである。
Bethea, Arthur F. *Technique and Sensibility in the Fiction and Poetry of Raymond Carver.* New York: Routledge, 2001.
Carver, Raymond. *Will You Please Be Quiet, Please?* New York: Vintage, 1992.

——. *Cathedral*. New York: Vintage, 1984.
——. *Elephant*. London: The Harvill P, 1998.
——. *Where Water Comes Together with Other Water*. New York: Vintage, 1985.
——. *Ultramarine*. New York: Vintage, 1986.
Halpert, Sam. *Raymond Carver: An Oral Biography*. Iowa City: U of Iowa P, 1995.
Nesset, Kirk. *The Stories of Raymond Carver*. Athens: Ohio UP, 1995.
Runyon, Randolph Paul. *Reading Raymond Carver*. Syracuse, N. Y.: Syracuse UP, 1994.
レイモンド・カーヴァー『The Complete Works of Raymond Carver』一〜七　村上春樹訳、中央公論社。
サム・ヘルパート編　『レイモンド・カーヴァーについて語るとき……』小梨　直訳、白水社、一九九三年。

7

コロスは殺せない　カーヴァーの名付けられぬコミュニケーション

三浦玲一

1　からだからからだ

カーヴァーは、脱構築が嫌いだった。正確には、脱構築だけでなく、文学理論一般を嫌っていた。もっと言うと、そもそも文学批評だって嫌っていたかもしれない。これは、人のほんとうの姿を、ぎりぎりのところで、その精髄だけを書こうとした彼の態度と関係している。

自分の小説はおおかれすくなかれ実際の体験に由来しているが、けれど、自分はもう何年も大学で教えているのに、アカデミズムのことを書いたことは一度もないだろうと、彼は言う。この態度は、現代の我々が考える文学性のある一面をくっきりと示している。知的で空疎な言葉は、カーヴァー・カントリーにはそぐわない。政治や経済の問題を書かず、自分の周囲何メートルかのことだけを扱おうとする彼のミニマリズム的な傾向も——ミニマリズムという語も彼は同様に嫌ったわけだが——この考え方の延長線上に定められる。

人間を描き、だがしかし、その核だけを書く。その実相を、その揺るがし難い真実だけを書いて、それ以外のものを丹念に丹念に削ぎ落として行く。「大聖堂《カセドラル》」、「ささやかだけれど、役に立つこと」で頂点を迎えるカーヴァーの作品群には、このような傾向があると思う。それ以降の最後期の作品では些か異なるところもあるけれど。

ジャック・デリダが「署名　出来事　文脈」の冒頭で述べるコミュニケーション概念の変質の指摘は、ところが、カーヴァーがなにを書こうとしていたかを、結果としてとても上手に説明しているように思われる。カーヴァーは脱構築が嫌いだったけれど。言葉によるコミュニケーションというのは、意味によるコミュニケーションも意味しているが、しかしそこにはいつも意味以外のコミュニケーションもある、とその脱構築の始祖は言う。例えば、熱が、波動が、力が伝導することをコミュニケートと、英語やフランス語では言うように。

言葉よりも身体《からだ》を描こうとした作家、それがレイモンド・カーヴァーである。それが最も成功したとき、言葉を超えたコミュニケーションが、まるで熱や波動が伝わるように、身体《からだ》から身体《からだ》へ確実に伝わっている様を、彼は我々に示し、教えてくれた。恐らく、彼の小説を独自にしているその中心の特徴は、彼の身体の描き方にある。

私が身体的なコミュニケーションと呼ぼうとしているものの端的な例は、例えば「でぶ」である。ヒロインは、あのでぶを、きちんと描写することも、説明することもできない。敢えて言えば、彼女はただ圧倒されていて——そして、圧倒されていると言うこともできない。だから難しく言うと、でぶとはそこで、言語化される前の存在で、名付けられない身体として、ただ過剰にそこに在るのだと言う他はない。だが、言葉は伝わらなくても、でぶの存在は確かにヒロインを変える。まるでなにかの波動がその身体から彼女に伝わってきたかのように、その身体は彼女の人生を変える。言葉でない身体こそが、言葉にできない力で、後戻りできない決定的な変化を彼女に及ぼす。

身体だけが行う奇妙なコミュニケーションは、言葉もなくベッドの中で妻の体に指を這わす「何か用かい?」の結末にも、他人の生活をかりそめ振る舞うことで自分達が変わっていってしまおうとする「隣人」にも、或いは、耳と性欲の関係の物語である「ビタミン」にもある。そして、愛について語りながら、酩酊が言葉を空疎にしていく一方で、最後に愛は「心臓の鼓動」と「人々の体の発する物音」で定められる「愛について語るときに我々が語ること」、圧倒的な喪失と怒りが、共にパンを食べるという行為によって救済される（その救済はパン屋とのコミュニケーションである）「ささやかだけれど、役にたつこと」、手に手を重ね絵を描くという奇妙な行為によって超越的な顕現《エピファニィ》が訪れる「大聖堂《カセドラル》」は、身体的なコミュニケーションが持つポジティヴな力を描き定めることで彼の代表作となっている。

カーヴァーの小説は、人間について、本質のみを射抜くことを目指す。彼をミニマリストと呼ぶことに意味があるとすれば、その要諦は、「文学」とは虚飾を排し、真正なものだけを摑むことだとした思考である。そのとき彼は、身体そのものを描こうとすることに、言語ではない、言葉にならない身体こそを本質として描写することになる。だから一番最終的なところで、その「ミニマリズム」とは、言語秩序を裏切る反知的な傾向なのである。

この戦略は、カーヴァーの現代性について、主に以下の三つの特徴を与える。

1　二〇世紀後半における彼のリアリズムとは、小説技法の様式ではなく、テキストが持つ迫真の程度を意味している。それは、超越的な視点からの客観描写を意味しているのではなく、作品がフィクションではなく、なんらかの意味で「本当のこと」なのだと思わせる主題、技法の選択を指す。それは、「真正さ」を形成するイデオロギィである。

2　この裏側で、彼の多くの同時代人と同様に、彼にとって言葉は、原理的に不完全な、真実に到達することのできない道具である。言葉は真実を名指さない。むしろ言葉は、その内容よりそれがどのように発話されたかによって真実の方向を指し示すパフォーマティヴなものとなる。

言い換えれば、人間（身体）は、意足らずな言語の牢獄に閉じ込められる。

3　このような言語と表象の様態は非常に現代的だが、しかしそれは、「新しさ」ではなく「普遍」を志向すると看做されないといけない。カーヴァーは革新的な作家ではない。むしろ彼は、人間の普遍的な姿を描いた、人間的な作家である。特に右で代表作とした諸作において、彼は（高橋源一郎がとうに指摘したように）癒し系だ。簡単に言えば、言語以前の「身体そのもの」とは、我々が帰るべき自然状態と看做されるからである。

2　“A Working Class Hero is Something to Be”

「大聖堂《カセドラル》」は、語り手「私」の妻の昔の友人が、語り手の家を訪れる話である。友人ロバートは男で、「私」が妻を知る前から彼女を知っている。知っているばかりか、相当に親しかったのである。そして彼は盲人である。盲人が自分の家に来るなんてゾッとしないと「私」は言う。妻がロバートのもとで働いていたのを止めるとき、ロバートはお別れに、彼女の顔の隅々までに手を這わせた。

「私」は、このように、ロバートに偏見と敵愾心を持っているが、その晩を過ごすうちに、二人の関係が奇跡的に変わる様を描いたのがこの作品である。二人は最後に、深夜、テレビを見ている。そこにはヨーロッパの大聖堂が映る。「私」は彼に、大聖堂がどんなものか知っているかと問う（彼は盲人なのだ）。分からないとロバートは答える。言葉で説明しようとするが、「私」はそれをすることができない。彼らはそれで、語り手の手の上にロバートのそれを重ね大聖堂の絵を描くことでコミュニケートしようとする。

以下が、作品の結末である。

やがて彼は言った。「もうそれでいい。終わったよ」と彼は言った。「目をあけて見てごらん。どう？」

しかし私はずっと目を閉じていた。もう少し目を閉じていようと私は思った。それは、そうしなくてはいけないことのように思えたのだ。

「どうしたの？」と彼は言った。「ちゃんと見てる？」

私の目はまだ閉じたままだった。私は自分の家にいるわけだし、頭ではそれはわかっていた。しかし自分が何かの内部にいるという感覚がまるでなかった。

「まったく、これは（It's really something.）」と私は言った。（村上春樹訳）

ここで、決して言葉では言い表わすことのできない圧倒的ななにかに「私」は触れている。ここで、ロバートと「私」の関係は恐ろしいほど本質的な変化をくぐり抜けようとしている。ここにあるのは、殆ど神秘的と言っても良いほどの啓示であり、なにか計り知れないものに出会うエピファニィであり、確かにある頂点に触れたと思わせるクライマックスである。

実際に起こっているのは、手に手を重ね通じ合った身体行為である。これは、互いが互いに導かれ、互いが互いを反復する運動の頂点としてある。そのことが、これを私が身体的コミュニケーションと呼ぶ理由である。言葉ではなく身体によるコミュニケーションの達成を、その圧倒的な快楽と満足を、この結末は記している。

が、「身体的」とラベルを貼ることそのものには殆ど意味がない。むしろ重要なのは、これを身体的と我々が呼ぶ他はないその理由――つまり、ここでこのエピファニィにはその内実を語る意味や説明が全く与えられていないので、我々は結局、それが無意味であること、圧倒的な啓示でありながらしかし無意味であることに、注目せざるを得ないという事情である。

つまり、エピファニィの必殺の一行 "It's really something" は、極端なことを言えば、中学生にも書ける一行だ。結末は、少なくとも表面的には、どのような哲学的考察も深遠な人間観も伴わず、エピファニィを達成する。更に引用部分の前で、ロバートに問われ「私」は、自分が信仰心を持っていないこと、だから大聖堂は、大聖堂とは言っても特別な価値を持っているわけでもなく、深夜のテレビに映るのをたまたま見るに過ぎないものであると説明する。啓示は偶々、偶然に導かれてたまたま、起きている。それが、カーヴァー的なエピファニィの在り方である。

逆に言えば、"It's really something"は、その行それ自体に意味があるというよりもむしろ、その行を取り囲む文脈、それが置かれたコンテクストに意味と価値を持っているのだということになるだろう。実際、その一行が無意味で偶然に見えるという事態は、カーヴァー作品の全体の在り方を象徴している。

「愛について語るときに我々が語ること」や「ささやかだけれど、役にたつこと」を思い出しても分かるように、彼の小説は偶然に支配されている。彼は、作品に明示的で論理的なプロットや構造を与えない。そのようなものを与えないからこそ、作品の最初でなんらかの伏線を引かないからこそ、大聖堂は純粋な偶然として現れる。

「大聖堂」の全体が偶然の羅列と認識されることは、上で私が記した要約を見ても分かる。テクストに当たると分かるが、要約に書いてある内容は作品の最初と最後の一頁か二頁に書いてある。要約に必要なのは、その冒頭と末尾の数頁なのだ。では、あいだの二〇頁は無駄なのか？上の要約のように、つまり出来事の意味に注視して読んでいるかぎり、それは無駄でしかない。しかし、もちろんのことだが、その二〇頁にこそ、最後のエピファニィをエピファニィとして成功せしめる文脈が潜んでいるのである。

それは一つには、"something"の多用という特徴である。原文で三〇頁ある「ささやかだけれど、役にたつこと」には二三個しか出てこない“something”は、二〇頁のこの作品では二七個出てくる。例えば、文体の近似が良く言われるヘミングウェイでは、『陽はまた上る』の最初の二〇頁に五回しか出てこないことを考えると、この時期のカーヴァーは“something”を頻用する傾向にあり、更に「大聖堂」では、それは意図的に頻用されていると言うことができるように思われる。数のことを言っても仕方のないところはむろんあるわけだが、主人公を労働者階級に設定し、その口語語法で書こうとしたことに頻用の由来を見ることも可能だろう。(右で引用した結末の範囲でも、最終行の他に一回、他に否定型の“anything”が一回使われている。)

「大聖堂」で頻用される“something”の特徴は、おおまかに言って、最初の使用例「彼女はそのなにか《something》を新聞で見たのだ、求む—盲人の代読」や最後の共同作業の始まりでのロバートの台詞「もう、すぐに、我々はなにか《something》成し遂げるよ」のように、テクストでやがて記述されることを先取りして、それを一旦「なにか」と呼ぶことにある。つまり、「大聖堂」の世界で新たに登場する事象は、まずは一旦なんだか分からない「なにか」として認識され、それからその後、それは然るべき名や説明が与えられるというような。その戦略は反復されることで、当然、名とそのものの乖離とでも言うべき認識を読者にもたらすこととなる。事象は、名付け以前、言語化される以前の事物そのものとして一旦登場して、それから同定され確定されるのだから。この過程をくぐり抜けて、我々はテクストの末尾で、名付け得ぬ、むきだしのなにかとしての“It’s really something" に出会うのである。

では、その名付け得ぬ、むきだしのなにかとはなんだろう？　要約で無意味と抹消される部分で語られるのは、「私」の家でのロバートの歓待の過程である。彼らは酒を呑み、食事をし、マリファナを吸う。そして、妻は眠ってしまう。酒は強い酒（スコッチに水をほんの少しだけ）で、ロバートはマリファナを嗜むのは初めてなので、それが効いてくる過程は丁寧に記述される。そして食事のシーンは、殆ど詩的と言っても良いほどの緊迫したレトリックで語られる。「我々はまさにかぶりついた。テーブルの上にある食べ物と名のつくものは残らずたいらげた。まるで明日という日がないといった感じの食べ方だった。我々は口もきかずに、とにかく食べた。がつがつと貪り食い、テーブルをなめつくした。実に熾烈な食事だった。」（村上春樹訳）

作品はリアリズムなのだから、「無意味」と言ってももちろん、これらは起こったことをそのまま書いているのだと言うことはできる。だが繰り返すが、問題は、作品全体の結構の中で、以上が、結末の大聖堂のエピソードと有機的に結び付けられていないように思えるという点である。その指摘は半ば正しい。以上の意味は、プロット上の論理的な伏線ではない。重要なのは、その語り方である。

以上は身体の記述であり、身体そのものの記述である。食事の記述が、過剰にその食べる行為を強調するとき、読者は、知／意識／論理ではなく「食べている」行為主の身体そのものへと、その食欲、熱、運動へと意識を巡らすこととなる。飲酒とマリファナの喫煙が記述されるとき、読者は、ちょうど自分がどれだけ酔っているかを確かめようとする酔っぱらいのようにして、自分でありながら自分でない自らの身体の存在に気付かされることとなる。これらはこうして、結末のエピファニィ、その身体的なコミュニケーションを完成させるための伏線として機能する。だからこそ、それらは「無意味」な記述でなければならない――それが意味に還元されることのない、むきだしの身体への意識となるように。プロット上の伏線ではないことがそれをテクストの「無意味」な異物にするとき、それが結末の身体的コミュニケーションのリハーサルたることが初めて保証されるのである。

カーヴァーは、論理的ではない伏線を引く。それは、リズムや音韻や音の響きで引かれる、詩における伏線或いは構造に似ていると言うこともできるだろう。論理的でない故にそれは伏線と看做され得ない。そして小説は偶然の、リアリズム的な羅列となる。そしてそのとき、同時にそれらは、作品世界の（身体的な）「真正さ」を保証する戦術である。我々はカーヴァーの世界を、偶然で無意味だからこそ「リアル」なのだと認識する。

当然ながらカーヴァーのこの戦略は、最終的に彼の小説が示す人間観から由来する。「大聖堂」の最初の一行は、原文では、一寸相当猛烈に変わった文章である。（村上訳はもちろん日本語の完成を目指しているので）逐語訳すると、それは「この盲人の男、私の妻の古い友人、彼が一夜を過ごすために、その途上にあった」となる。例えばこの後でも、ロバートが一泊することを「私」は、「私の家で眠る」と言うが、この「一夜を過ごすために、その途上にあった」という言い回しは、彼を、意識や理性を持った人間というよりは、一つの物体である身体と看做そうとするレトリックであろう。

しかし、ここでむしろ重要なのは、作品の冒頭で並べられた、その三つの名詞群である。英語では、最後の「彼」は再叙代名詞と呼ばれ、不要で、文法的には誤った語法だ。だがもちろん、カーヴァーの口語的な語りが、厳密な文法に違反していることが重要なのでもない。重要なのは、この語順でその三つが——それも敢て文法に違反してまで——並べられていることであり、なぜそれがそうされる必要があったのかである。

それはそれらが作品の構造を象徴するからだ。それは、この物語が、盲人→妻の友人→彼という風に、偏見、レッテル、ステレオタイプを越えて「私」がロバートとコミュニケートしていく過程を予言している。逆に言えばこの語順は、冒頭の「私」にとってロバートは、人としての「彼」である前に「妻の友人」であり、「妻の友人」である前に「盲人」であったことを示している。「大聖堂」がコミュニケーションの物語であるなら、それは、事物の真実を示さない不完全な言語、即ちレッテルとしての言語を越えて、「私」がロバートそのものとしての「彼」へと達する過程であり、その終着点は、あらゆるレッテル貼り、言語によって与えられるあらゆる意味を超越した、「彼」としか呼びようのないロバートそのものであることを示している。

それが、私が、名付け得ぬ、むきだしの身体と呼ぶものである。作品の「無意味」なテクストは、その「無意味」さを通じて、言語化の向こうにある事物そのものを指向しようとし続ける。その頂点で、「私」は、"something"としか呼びようのないエピファニィを体験する。そう考えるとき、結末の「私は自分の家にいるわけだし、頭ではそれはわかっていた。しかし自分が何かの内部にいるという感覚がまるでなかった」という言葉は、彼が最終的に意味付けの、言語の牢獄の外に出て、身体そのものに出会ったことを指し示しているのだと理解されよう。

そこにあるのは、手を繋ぎ共に描くことで奇妙に体験される、決して適切に言語化されることのない、コミュニケーションの形式、だからつまり、あくまで身体的なそれである。そこでコミュニケートされているのは、熱が伝わるように、波動が伝わるように、行為の一体化を通じて伝導する真実である。カーヴァーは、このように、身体のコミュニケーションを描くことに成功したのだ。

3　「密林の野獣《のけもの》」

それは、カーヴァーが小説を書く際、人の真実の在り処を、その人間の思想や意識や言語ではなく、身体、行為、動作にあると看做したことを意味している。そして実際のところ、私が、現代作家としてのカーヴァーについて真に驚嘆するのは、彼が身体的コミュニケーションを提示することに成功したという点よりもむしろ、彼がその身体的コミュニケーションという概念の危うさを正確に把握していた点にある。

上で少し述べたように、「愛について語るときに我々が語ること」はここまで説明した「大聖堂」の構造とほぼ同じものであるように思われるが、カーヴァーの友人であったジェフリィ・ウルフは前者について、「酔っ払いをあんなに上手に描いた作品はない」と評価する。そしてこの解釈は、それを崇高な身体的コミュニケーションの物語とする解釈と、同じくらい正しい。「大聖堂」においても作者は、結末のお絵書きが始まる前に、「両脚には力がまったく入らないような感じだった」と、「私」がマリファナの酩酊状態に半ば入っていることを敢えて確認している。つまり、身体的コミュニケーションというものが、あらゆる意味付けを超えて、意味付けられないことで身体的であるなら、それは同時に、どのような意味付けも可能であるようなコミュニケーションでもあるのだ。結末のエピファニィは、マリファナがもたらした高揚感の結果であるやもしれないし、作者もそのことを否定していない。

彼はそれを否定できないことを知っている。身体的とは、そのような意味なのだ。そしてそう考えるとき、エピファニィのコミュニケーションが持ちうる最も強い意味は、我々の多くの完全な盲点からやってくる。

それは、結末を「私」（と或いはロバート）の同性愛、ゲイネスの発見と看做す読解である。その身体的コミュニケーションとは、男性同性愛行為或いはその比喩として読めるのではないかと。

この読解は、「常識」的な読者からは、まず、手に手を重ね絵を描くことを性行為を看做すのは拡大解釈であるという反論を浴びよう。だが、ゲイではなくレズビアン批評からのものが一般的だが、生殖行為だけを性愛と看做すのでないのならば、性行為を例えば挿入だけに限定することは論理的な矛盾であると既に指摘されている。簡単に言えば、妊娠したから性行為と考えるならばともかく、そうでないなら、ペッティングも性行為だし、同衾することも性行為だし、それならキスだって性行為だし、そこで手を繋ぐことをペッティングより程度の低い性行為と看做す根拠はどこにあるのか、どこにもないだろうという議論である。これを認める時——だいたい目で殺すなんて言葉もあるのに——性的な行為はベッドルームに限定され得ない。

そして他方、我々がここまで証明しようとしてきたことは、「私」とロバートの行為が単なるお絵書きではなく、なにかそれ以上の計り知れない意味を持った、崇高で特別な行為であるという主張である。それは身体による崇高なコミュニケーションで、それによって「私」はロバートのむきだしの身体を知り、おまけにそこには「まったく、これは」としか言いようのない圧倒的な絶頂がある。それは「私」とロバートの間のダンスであり、絶頂のあるダンスである。少なくとも「文学」的な意味において、それは確かにエロティックだ。そしてそれがエロティックなら、それはホモエロティックである。

更にこの読解は、作品が偶然の羅列で、クライマックスが「無意味」に提示されなければならない理由も説明する。現代の我々にとっても、ゲイネスの発見は、多くの場合、当事者にとっても喜ばしい発見ではない。それは抑圧され、回避されがちなものである。だから、クライマックスが深夜テレビに偶々映った大聖堂を通じて行われることは、ゲイネスの発見が抑圧の回帰であることを示している。つまりそれが、回避しようとしたものが、表面的には偶然を通じて、思いもよらぬところから戻ってくるというかたちで行われなければならないことを。(大聖堂がヨーロッパ的イメージを負っていることも、ゲイ・カルチャーにおいては有意であろう。)

ゲイの性行為は、歴史上一般的に、愛を伴わないその場限りの性行為という性質を与えられることが多かった。ゲイ・カップルが公然のカップルとなることは極く最近まで不可能だったし、そうでなくともそれはそもそも隠されるべきものと認識されてきたので永続的たり難いという歴史的な事情にそれはよる。が、このように考えると、上で確認した「脚に力が入らない」という記述も、「マリファナに酔ってつい」という半ば伝統的な言い訳のパターンを踏襲していると理解されることとなる。

つまり、「大聖堂」を身体の物語と読む限りにおいて、それを男性同性愛の発見の物語として読むことは、もっとも透徹してもっとも整合的な読解である。そしてこの読解に誰かが違和を感じるとき、我々は、カーヴァー一人の問題を離れて、そもそも小説の読解とはなにかという問題に向かわなくてはならなくなる。

上のものとは全く違ったレベルの反論に、事実関係に言及するそれがあり得よう。つまり、「大聖堂」はカーヴァーとテス・ギャラガーの実体験に基づいて書かれていることは常識であって、そしてレイとテスが深く愛し合っていたことも同様に常識で、レイはゲイではないのだから、以上の読解は間違っているというふうに。

しかしこの反論は、「私はレイと寝たことがある」というゲイが登場すれば、一夜にして覆されることとなる。なぜカーヴァーの読者は、彼が現れないと考えるのか？　なぜ彼らは、「大聖堂」を明示的にゲイの物語であると思わないのか？　それは、一言で言えば、同性愛嫌悪《ホモフォビア》である。

言い換えてみよう。「常識」的な読者にとって上の考察から引き出されるより分りやすい指摘は、ロバートが女であったら「大聖堂」はその瞬間にその魅力の大半を失うという点である。彼が彼女であれば、「まったく、これは」と「私」が言った瞬間に、それは性的な発言であると理解される。私が上で純粋な身体的コミュニケーションと指摘したもの、言語と意味付けを越えて「無意味」なものの表出として偉大であると言ったそれは、まったくのところ、それが性的なものと理解されないからこそ偉大なのである。

つまり、男女間であれば性的と看做されるものを、男同士だから性的ではないと看做すことで「大聖堂」は成り立っている。このように、同性愛の視点から作品の「新しい」解釈の可能性を指摘する戦略を一般にクイア理論と言うが、その代表者の一人、イヴ・コゾフスキィ・セジウィックが『男同士の絆』で行った指摘――男同士の友情（ホモソーシャルな関係）と男性の同性愛関係（ホモセクシュアルな関係）とは、実質は深く重なり合っていて分別できないのだが、だからこそ、我々は同性愛関係を「存在し得ないもの」として禁忌化しなければならないのだという指摘や、もう一人の代表者ジュディス・バトラーが『ジェンダー・トラブル』で行った指摘――同性愛は、たとえ描かれても、幻影、不自然なもの、あり得ないもの、無意味なもの、実体のないものと看做されてしまうのだという指摘は、我々が今向かい合っている問題とぴったり重なり合う。

（詳述しないが、結末はロバートが妻の顔を触ることでリハーサルされている点、マリファナのシーンでロバートと「私」の間に妻が座ってそれを回し喫みする点、結末直前で、「私」がロバートの視点を経由して妻の服の乱れを直す必要が無いことに気付き、つまり性的な対象ではない身体としてそれを見る点を鑑みると、作品は女の交換を実は中心プロットとした、非常にセジウィック的な成立である。まさしくむきだしのそれを、そう名付けないことにこそ全ての要諦はある。）

実際のところ私は、「大聖堂」を男性同性愛の物語として読むことが、カーヴァーの読解として最終的な正解であると主張しようとは思わない。敢えてマルバツを付けろと言うのなら、それは「誤読」である。

では、カーヴァーの主題はどこにあったのか？　あのエピファニィは、寛容で、先達を重んじ、自分以外の小説家を敬愛し続けたカーヴァーの小説家としての態度と、恐らく、繋がっている。文学史上の先人にせよ、知人であった同時代の「ミニマリスト」にせよ、他の作家を常に評価し、彼らへの尊敬と彼らから得た力をカーヴァーは決して隠すことがなかった。上述のように良く比較されるヘミングウエィが一度誉めた同業者を後に必ず貶めなければならなかったことを考えると、それは対照的だ。更に、厳密に考察すると彼の作品が、時に彼の師ジョン・ガードナーとの、時に彼の編集者ゴードン・リッシュとの、時に彼の伴侶テス・ギャラガーとの、共同作業のようにも思われることともこれは関係するだろう。カーヴァーにとって小説を書くことは本質として、孤独であっても、他から隔絶された孤立した作業ではなく、空間も時間をも越え、常に他と繋がり、自身を拡げていく行為であったように思われる。だから——実際あるインタヴューで、共同作業で作られる芸術作品の象徴として彼は大聖堂を挙げるのだが——共にそれを描くことで達する結末の境地は、その最も深いところで、例えば彼とジョン・ガードナーが、或いは彼と彼の弟子ジェイ・マキナニーが、共同作業としての「文学」を通じて到達することのできた至福の境地の象徴なのではないかと私は考えたい。「大聖堂」が言葉にならないコミュニケーションの意義と価値を描いているとき、それはつまり彼にとって、文学の伝統の中で小説を書くことの深遠な意義を表そうとしていた。

いや、だが、しかし、師と弟子との間の魂の融合とは、クイア理論の元祖ミシェル・フーコーが、その理想とした同性愛のかたちである。だから我々はもう一度問い直さなければならない。カーヴァーは同性愛を書かなかったのかと。或いは、なぜカーヴァーが同性愛を描いたと考えてはいけないのかと。

＊引用／参考文献――

Butler, Judith. *Gender Trouble: Feminism and the Subversion of Identity*. New York: Routledge, 1990, 2nd ed, 1999. 竹村和子訳『ジェンダー・トラブル』（青土社、一九九九年）

Derrida, Jacques. "Signature Event Context." *Limited Inc*. Evanston, IL: Northwestern UP, 1988. 高橋哲哉、宮崎裕助、増田一夫訳『有限責任会社』（法政大学出版局、二〇〇三年）

Foucault, Michel. *The History of Sexuality: An Introduction*, Vol. 1. Trans. Robert Hurley. New York: Random House, 1978. 渡辺守章訳『知への意志　性の歴史』（新潮社、一九八六年）

Gentry, Marshall Bruce and William L. Stull, eds., *Conversations With Raymond Carver*. Jackson: UP of Mississippi, 1990.

Sedwick, Eve Kosofsky. *Between Men: English Literature and Male Homosocial Desire*. New York: Columbia UP, 1985. 上原早苗、亀沢美由紀訳『男同士の絆』（名古屋大学出版会、二〇〇一年）

——. *Epistemology of the Closet*. Berkeley: U of California P, 1990. 外岡尚美訳『クローゼットの認識論』（青土社、一九九九年）

Toolan, Michael. "Discourse Style Makes Viewpoint: The Example of Carver's Narrator in 'Cathedral.'" *Twentieth-Century Fiction: From Text to Context*. Ed. Peter Verdonk and Jean Jacques Weber. New York: Routledge, 1995.

高橋源一郎「レイモンド・カーヴァーをアーヴィング・ハウがほめていた」『ぼくがしまうま語をしゃべった頃』（ＪＩＣＣ出版局、一九八五年）

8

愛すればこそ、などと言ってみることも　「シェフの家」を読む

平石貴樹

『大聖堂』におさめられた「シェフの家」は、アルコール依存症をあつかう点でカーヴァー・ワールドの中核をなすだけではなく、現代アメリカ文学の代表的な秀作として位置づけられるべき作品である。ここではこの作品のできるだけ丁寧な読解を試みてみたい。

批評をめぐる言説の過度の流行は、文学作品を丁寧に読む能力を人から奪い去る。丁寧に読む能力をもたない人こそ批評の言説によってみずからを糊塗するという、不幸な本末転倒も昨今ではめずらしくない。アルコール依存症ならぬ批評依存症である。そんな現況にかんがみ、ここでは一作品について、人物たちの心理を探りながらいわば感情移入的に読むことによってどこまで議論がすすみうるのか、そしてそれが文学史や現代文学論などの批評とアカデミズムの文脈にどのように通じうるのか、基本のところを確かめる作業に専念したい。

「シェフの家」はたいへん短い。語り手エドナは、アルコール依存症からの回復を目指している元の夫ウェスに、共同生活の再開を提案され、シェフの家で暮らし始めるが、二人がかつての愛を取り戻したと思われた矢先、事情が変わってシェフの家を出なければならなくなる。エドナは当然、どこか別の場所へ転居して共同生活を続けたいと考えるが、ウェスにはその考えがなく、いくらかの話し合いのあと、エドナもあきらめて別れの決心をつける。いくぶん不明瞭な話の展開が、どこか叙情的な語り口に包まれてなんとなく納得させられる、そんな第一印象であるかもしれない。

1 シェフはなぜやり直さないのか

この作品の最大の不明点は、別れにあたってのウェスの態度だろう。ウェスとエドナは再会し、一夏のあいだ、ウェスのアルコール依存症回復の努力に並行して、やり直しの生活をいとなんできた。その間かれらは幸福だったたし、ウェスの回復も順調だったのだから、シェフの家に住めなくなったのなら、どこか別の場所に住み家を借りて、やり直しの生活を続行しようと考えるのが、かれらの自然な選択だったはずだ。げんにエドナは「別の家を探しましょう」と提案し、「今までのことはなにもなかったんだって、考えてみたらどうかしら」と、かつて離婚に至ったウェスとの過去をあらためて精算し、二人の生活を続行する意欲を示している。ところがウェスは、別の家でエドナとの生活を続ける可能性をまったく問題にしない。かれにとってはあくまでも、シェフの家を出る時は、エドナとふたたび別れる時なのだ。「おまえがまた指輪をはめてくれて、おれは嬉しかったよ。これだけのあいだ一緒にいられて、嬉しかった。そうウェスは言った」。シェフの家のどのような事情が、ウェスにとってそれほどに特別だったのだろうか。

若い読者は、シェフの家周辺の風景の美しさに惑わされて、ウェスは一夏であれ一年であれ、はじめから短期間の思い出を作りたかっただけなのだ、と推測するかもしれない。一度離婚した自分たち二人には、本当の絆はもう戻らないということをウェスは知っていたのだと。だが、ウェスとエドナは、一時的な思い出のためにそれまでの生活を投げうつほど若くもないし、経済的に豊かでもない。子供たちの年齢から推定して、かれらは四〇歳前後、「スーパーマーケットで特売品を探し」、「素敵なひな菊の花束と麦わら帽子」といったささやかな贈り物に満足する身の上だ。ましてや、ウェスはアルコール依存症から立ち直ることができるどうかの瀬戸際にいて、精神的な安定を必要としているし、エドナはかれを助けるべく「文句のない暮らしを捨てて、ここまで六百マイルもやって来た」。だからシェフの家でのかれらの暮らしには、それぞれの真剣な人生がかかっていたはずなのだ。にもかかわらず、ウェスはそれを、引っ越しをきっかけにしてあっさり手放そうとしているように見える。

エドナのやり直しの提案にたいして、ウェスは奇妙な答え方をする。「もしそういうことなら、おれたちはだれか、別の人間じゃなくちゃならないだろうな」。「おれがだれか別の人間だったら、おれはおれじゃなくなっちまう。ところがおれはおれなのさ」。一見屁理屈に見えるかれの論理にひそむものは、自分自身を引き受ける責任感の強さであろう。かつてアルコール依存症におちいってエドナと離婚する羽目にもなった自分自身の過去を、忘れずに悔やみつづける気持ち、そして現在、依存症を克服しなければならないと努力しつづけている強い意志が、おそらくはウェスを支配しているのだ。

では、そのようなかれの責任感は、かれのエドナにたいする愛にどのように関係づけられるのか。責任感が、人を愛することを禁じるわけではない。だがかれの場合、あらたな場所で本格的にやり直しの生活を始めてみて、もしまたアルコール依存症に戻ってしまったら、という不安がある。一度失敗したら、二度目も失敗する可能性がある、ということをきっぱりと認めることが、かれにとっての責任感である。「ウェスの顔にはある表情が浮かんでいた。私にはその表情が分かった。かれは舌で唇を繰り返し舐めた」というエドナの観察に見られるように、げんにかれは、シェフの家を出なければならないショックから、早くもアルコールへの危険な欲求を呼びさましてもいるようだ。かれの「おれはおれなのさ」は、それゆえ、自信の表明ではなく、自信のなさのいさぎよい承認であるはずだ。エドナを愛すればこそ、かれはエドナをふたたび不幸におとしいれる失敗をなんとしても避けなければならない、と考える。不安を等閑視し、エドナの誘いをいいことに「今までのことはなにもなかったんだ」と仮定して幸福の可能性に安易に身を賭することは、かれにとってはむしろ無責任なふるまいである。

そのように理解してみると、かれらが夏を過ごしたシェフの家が、景色の美しさ以外の点で、きわめて特異な環境をかれらに提供していたことが分かる。それは家賃の実質的な免除である。「ウェスにいくらか貯金があったので、私は働く必要がなかった。それにシェフが私たちに、ただ同然で家に住まわせてくれていることも分かった」。かれらはシェフの家に滞在する限り、働かなくてもいい、という好条件に恵まれている。この家を出るなら、かれらは家賃を払わねばならず、したがって働かねばならず、おそらくは仕事のある都会に住まねばならず、ようするに、エドナと最初に結婚し、失敗におわった生活環境と同様な環境に戻らなければならない公算が大きい。都会や仕事から解放されたシェフの家でかろうじて維持されてきたウェスの回復の努力は、こうして、シェフの家なしでは深刻な危険に直面するのだ。ウェスがシェフの家での生活を特別視していたおもな理由はそれだったろうと想像される。

したがって、自分の不安を等閑視しない責任感、二度とエドナを苦しめるようなことがあってはならない、という反省から、エドナを愛すればこそ、おそらくウェスは、シェフの家を出て別の場所で二人で暮らすことを断念せざるをえない。もちろんエドナにも、そのことはおおよそ理解されたはずだ。

2 ウェスは意志が強いのか弱いのか

以上のようにウェスの心理を推測したとき、ウェスはいったい意志が強いと言えるのかどうか、という一見奇妙な問いに、読者は遭遇することになる。反省と責任感の強さをもって、愛しながらエドナをしりぞけるウェスの意志の力はあきらかに強固であるが、その意志はひとえに、自分がふたたびアルコール依存症におちいるかもしれないという可能性の承認から出発している。ところが、依存症患者の回復への強固な意志がかれの再発を防止するのだとすれば、ウェスの意志さえ強固であれば、かれは立ち直ることができるはずだ。そうだとするとウェスは、自分が依存症に戻るかもしれないと想定することによって、自分の意志の弱さを進んで認めていることになる。ではかれは意志が弱いのだろうか。もし意志が強いなら、その強さをもってエドナとのやり直しの生活をこばむのではなく、やり直しの生活そのものの中でそれを発揮して幸福の可能性をなんとか追求しようと、なぜ努力しないのだろうか。そうした努力にこそ、責任感は表現されると、人はふつう考えるのではないだろうか。

ウェスは、こうして、アルコールに関する自分の意志の弱さを決然と認め、それにもとづいて強い意志によってエドナと自分自身の幸福の可能性を断念する、というきわめて逆説的な考え方をする人物として把握される。意志の弱さを承認する意志の強さ。「おれはおれなのさ」と、エドナを愛しているはずなのにきっぱりと彼女に反論するウェスの発言の奇妙な印象は、じつはかれのこの逆説的態度に由来するのだし、この作品にたいする理解や感動は、この逆説的態度にたいして読者が共感できるかどうかに、おおきく依存しているように思われる。

同時にまた、このような逆説への共感の中で、アルコール依存症というウェスの状況そのものが、小説にふさわしい状況として了解されることにもなるだろう。というのも、アルコール依存症は、通常はあくまでも病気すなわち医学の問題であり、文学の問題ではない。それがもたらす苦悩や回復のための努力の必要は、いかに多大であったとしても、多くのほかの病気や怪我の場合と質的に同等であって、とくに小説の中で取り上げられねばならない特権性は有していない。もともと病気や怪我のように、あまりにも個人的であまりにも普遍的な苦しみは、たいていそれ自体としては、小説らしい興味を読者に喚起しないのが通り相場である。「シェフの家」でも、ウェスのアルコール依存症そのものに、読者はただちに興味を覚えたり、ましてや共鳴したりなどしない。読者が興味を覚えるのは、それが逆説的に意志の強さに結びつくことによって、かえって逆に、依存症の原因である酒にたいする意志の弱さを、病気としてではなく意志の問題として照射するからである。

自分は意志が弱く、かつて酒を止めることができず依存症におちいった。その事実に責任を取る限り、意志が弱いという自覚から、自分は出発しなければならない。強固な意志をもって社会の内部で将来を設計し、実践することは自分にはできないが、そのかわり、将来を設計しないこと、失敗の可能性をつねに見据え、場合によっては社会への参加をあきらめることなら、自分にもできるはずだ。それは意志そのものというよりも、意志と孤独と、自尊心の放棄とが混じりあった自覚なのだから、それなら自分にも持つことができるはずだ。ウェスはおそらくそんなふうに考えている。すなわち、かれの意志の弱さを承認する意志の強さの逆説は、社会参加の局面を境界線として成立していると理解される。

3 アルコール依存症の普遍性

こうして、意志の問題の背後にひそむ事情を推測することによって、読者はウェスのアルコール依存症を、たんなる病気としてではなく、社会に参加することへの失敗や不可能性の比喩として、あらたな相貌のもとに考察しはじめることになる。こんにちわれわれの中で、いったいどれほどの割合の人々が、十全な意味で社会的に機能する生活を設計し、設計どおりに実践しえているだろうか。意志の強い者も、弱い者も、なんらかの形で無力感や孤独を、むしろ生活の基底部分として受け入れざるをえなくなっているのではないか。「ぼくが電話をかけている場所」でカーヴァーは語り手に「自分がすることをなぜするのかなんて、誰にもわかりはしないものだ」と言わせている。こうした意見に同意するかぎり、われわれとウェスのようなアルコール依存症患者との距離は、一見するほど大きくないのではないか。意志の弱さの承認は、われわれにとって社会が強大な敵に見える日々、われわれ全員が対処しなければならない普遍的な課題となっているのではないか。

もちろん、カーヴァーをよく知っている読者は、かれはみずからアルコール依存症の経歴をもち、自分の経験を自伝的に小説の中に書いただけで、依存症の比喩的な意義や普遍性について深謀遠慮して書いたわけではないのだと、ここで反論しようとするかもしれない。カーヴァーの創作の現場はそのとおりであろう。だが、小説を読む上で、作家の伝記以上にしばしば重要なのは、作家の伝記がその時代の小説の問題にゆくりなくかかわる度合いの強さである。いつの時代にもアルコール依存症の作家はいただろうが、カーヴァーのように、アルコール依存症の小説をいわばさりげなく書き、しかも歓迎された作家は、これまで存在しなかったのだから、カーヴァーの個人的な伝記が、同時代の状況とのあいだに引き起こした共鳴の大きさを、読者は思いやるべきである。その共鳴の中で、カーヴァーがたまたま書いた自分自身の経験は、そのまま比喩的に、あるいは普遍的に人の無力感と孤独とを描きだすことになったのだ。もとより、すぐれた作家の誕生の背景には、しばしば個人的な事情と社会的、歴史的な事情とのたくまざる一致が潜んでいるものである。

アルコール依存症におちいろうとおちいるまいと、無力感や孤独は現代人の普遍の病であると、カーヴァーもこの作品の語り手エドナも、声高に主張しているのではない。だが、ウェスのみならず、シェフも、小説開始の時点でエドナの恋人だった男も、一様にアルコール依存症であるという事実、そしてそのことを特別視せず、平然と語っていくかれらの口ぶり中には、アルコール依存症を、だれにでも起こりうる卑近な事態と見なす態度がおのずから込められている。とりわけ、ウェスの依存症にさんざん苦しめられたはずのエドナが、ふたたび依存症だったらしい経歴の男と同棲していたエピソードは、エドナの依存症にたいする親近感さえうかがわせないだろうか。その親近感は、多分に彼女の属する階級、いわゆるブルーカラー階級の生活実態に由来するのだろうが、かれらは特別な階級の人物たちだと、かれらを突きはなして見る見方を、この作品は許していない。ウェスのぶっきらぼうな愛と責任感、エドナの寡黙な優しさ、そして人間は、とくに男は一度は依存症を経験するのだと言わんばかりの、人生の困難をあらかじめ了解したかのような彼女の語りに即して、彼女の立場に立って物語を読みすすむ読者は、むしろ進んで階級を超えた共鳴を覚えざるをえないのだ。

4 エドナはなぜ語るのか

ではウェスの別れの決断は、エドナから見るとどう見えるのか。最後的な責任を放棄したままで、自分の治療の補助のために昔の妻を呼び出したあげくの、かれの勝手な行動とこれを見る余地はあるだろうか。いずれにしても、この作品の語り手はエドナ自身なのだから、彼女の心境を忖度するためには、語り手としての彼女のふるまいを考慮に入れなければならない。

語ることにおいてエドナは、ウェスの愛と愛ゆえの選択を理解し、完全に許容している。そうすることがウェスよりもエドナのほうにおおくの犠牲を強いることになるとしても、いや、強いることになると知っているからこそ、エドナはウェスを許さねばならないと考えているように見える。だからこそ、彼女の語りをつうじて、読者には今まで述べてきたようなウェスについての推測が可能になるのだ。ウェスの責任放棄を批判し、したがってまた、ウェスを許すエドナさえをも批判することは読者の自由だが、それはこの作品を読まない自由と、もはや大差はないだろう。

「ウェス、いいのよ、と私は言った。私はかれの手を頰にあてた。すると、どういうわけだろう、わたしの脳裏にはかれが十九歳のときのこと、かれが駆け出して畑を横切っていき、その先にはお父さんがトラクターに乗って、目の上に手をかざし、自分のほうへやって来るウェスを見守っていた、その時のことがよみがえってきた」。いよいよウェスとの別離が決定的になった時点で、エドナの脳裏には、二人がもっとも幸せだった瞬間の記憶がよみがえる。そうすることによって、その思い出を核として、以後曲折をはらんだウェスとの生活の全体を、彼女は今最終的に肯定しうる、後悔の余地のないものとして受けとめなおしているかのようだ。かけがえのない体験だけがもたらす、思い出と思い出すふるまいとがたがいに相手を支えあう確かさの実感。ウェスの父親を訪ねた場面がそれをもたらし、今また、かれとの一夏の時間がそれをもたらそうとしていることを、彼女は予感しているのだろう。

したがって、ウェスとの一夏があっけなく悲しく終わってしまったにもかかわらず、エドナはこれでよかったのだ、ウェスの選択はしかたないのだし、自分にしても「文句のない暮らしを捨てて、ここまで六百マイルもやって来た」だけの価値はあったと、考えてみずからをなぐさめたい。自分を呼びだしたウェスを身勝手と呼ばず、やって来た自分を愚かと呼ばないために、この夏を美しく、肯定的に受け止めてしまいたい、という叙情的な希望に彼女はひたされる。それを客観的に、あるいはその後の自分自身の生活に損得ずくで結びつけることは、彼女の望むところではない。こうして、彼女は書きはじめる。夏の出来事のみについて淡々と書きながら、まるで少女のように、「素敵なひな菊の花束と麦わら帽子」や「谷間の中心部へ向かって頭上をゆっくり動いていく雲」などの細部に感動した様子をつけ加えていき、全体を、一場のはかない、けれども美しい恋物語のようにエドナは見なしていこうとする。若い読者が誤解するかもしれない余地はこうして生じるのだ。

エドナは職業作家ではないどころか、物語を書いたり語ったりする経験に、さほど慣れてはいないように見えるが、今、自分とウェスの一夏を美しく描きたいという欲求につらぬかれて、彼女は語り手となった。彼女が会話において鍵カッコを使わない理由も、こうした文脈から説明されていいだろう。鍵カッコを使い、二人の会話を再現しながら、場面を臨場感ある現在時点において描写することは、語り手の叙情性、いや語り手が存在する印象そのものを希薄にしてしまう。逆に、二人のせりふが鍵カッコなしに地の文の語りの中に埋めこまれることによって、場面は、思い出し語りゆく語り手の存在を、場面全体にかぶせられた半透明のスクリーンのように喚起しつづける。ウェスとの一夏の物語を彼女自身の心の中に思い出として統一的に位置づけるためには、語り手を喚起しつづける文体こそがふさわしい。

そしてエドナは言いよどむ。この作品の最大の文体上の特徴は、「例えば、例えばよ、今までのことはなにもなかったんだって、考えてみたらどうかしら、と私は言った。今度が初めてだって考えてみるの。ちょっと考えてみてよ」「それから私はもう一度それを言った。今度は声に出して言ったのだ。ウェス、と私は言った」というような、繰り返しの多い、口ごもったな発言であり記述である。エドナは流暢に話す人物ではなく、すでに触れたように、言語運用に関して職業作家からはあくまでも遠い。流暢さのかわりに彼女の語りの文体が読者に印象づけるものは、語ることに不慣れな初々しさ、そしてそれをつらぬくひたむきさ、誠実さである。それは、下手な生き方ながら愛と責任感だけはまっとうしようとするウェスの彼女にたいする誠実さと、美しく響きあうようではないだろうか。

以上、「シェフの家」一編に集中して読み取れるところを読み取ってみた。愛すればこそ、などと照れずに言ってみることも、小説を読むことの基本をあえてたどる作業が、カーヴァーなら許されるだろうと考えたからである（それでも文章が生硬なのは、やはりいくぶん照れたせいかもしれない）。ともかく以上の読解を通じて、この作品の深い美しさとともに、カーヴァーの現代文学における位置を、いささかでも証言できたとすれば幸いである。

カーヴァーの作品に内在しているものは、アメリカの伝統的なロマンスというよりノヴェルである。しかもそれは、ブルーカラーのアルコール依存症の、社会の底辺近くをさまよいながら、もうロマンスの冒険や希望などありませんよ、という水準に設定された、実際には長編小説にさえならないノヴェルである。その点に、アメリカ文学全体をノヴェルの存立へと方向転換させるかもしれない起爆力と、それがブルーカラーのアルコール依存症の世界観として相対化されてしまうかもしれない特異性とが、おそらくともどもにひそんでいる。上の読解が結果的に、その点を裏書きしていることを期待したい。

なお、「シェフの家」を多少とも詳しく論じた先行研究として以下のものが目に触れたが、私がここで試みた読解に類似した意見は見当たらなかった。おおかたはこの作品をアルコール依存症からの回復がいかに困難であるかを訴えた作品として受け止め、ウェスのつかの間と承知した上での解放感と、運命論的な無力感、絶望感を強調している。そうした議論は、ウェスの「不可避の運命を進んで受け入れる態度」（Nesset、五六）などについて確かに同意できるものの、エドナがなぜウェスに共感し、みずからこの物語の語り手にさえなったのか＝カーヴァーがなぜこの作品をエドナに語らせたのか、という問いに答えられず、結局二人の愛の深さを見誤るのではないだろうか。

＊引用／参考文献――

Bethea, Arthur F. *Technique and Sensibility in the Fiction and Poetry of Raymond Carver*. New York: Routledge, 2001.
Meyer, Adam. *Raymond Carver*. New York: Twayne Publishers, 1995.
Nesset, Kirk. *The Stories of Raymond Carver: A Critical Study*. Athens: Ohio UP, 1995.
Runyon, Randolph Paul. *Reading Raymond Carver*. Syracuse: Syracuse UP, 1992.
Saltzman, Arthur M. *Understanding Raymond Carver*. Columbus: U of South Carolina P, 1988.

Ⅳ　アメリカ

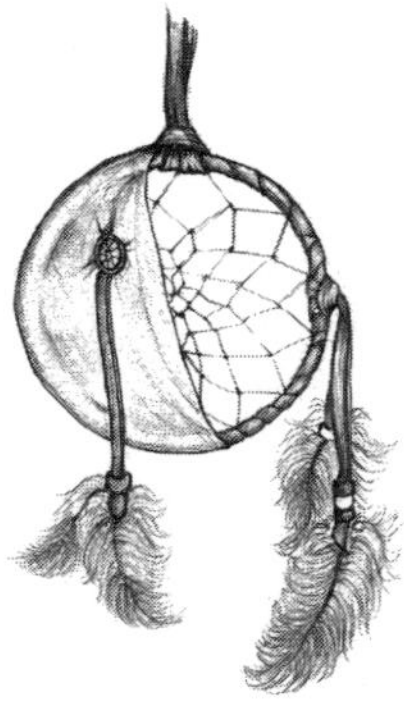

世界には基本的な正しさがあるという信念がなくてはならない。この世界はこうして存在するだけの理由を有し、またそれについて書くだけの価値のあるものであり、書いている途中でぽっと消えてしまったりはしないものだという信念である。しかしたまたま私の知っていた世界は、私の住んでいた世界は、そういう世界ではなかった。私の世界は、毎日のようにギヤを変え、方向を変え、そのルールをも変えている世界だった。

（「ファイアズ〈炎〉」より）

9 『ショート・カッツ』への最短距離

巽　孝之

1　グローバル時代のスモールタウン

フロンティア・スピリットは「どこにもないところ」を求め、アメリカン・ドリームは「なにもないところ」から言葉を紡ぐ。アメリカ文学史が、汎大西洋から汎太平洋へ拡大する植民地主義的な地政学史において形成されたひとつの壮大なるロード・ナラティヴであったとすれば、そうした意識的拡大に沿うように、アメリカ文学史上における狩猟の系譜が展開したのは当然だった。それは一八世紀、アメリカ独立革命の立役者であったベンジャミン・フランクリンの鱈釣りから始まり、一九世紀にはロマン派作家メルヴィルが鯨を追い、女性作家サラ・オーン・ジュウェットは白鷺を求め、二〇世紀にはモダニズム作家フォークナーが熊を狩り、失われた世代の代表格ヘミングウェイがカジキを、ポストモダン作家リチャード・ブローティガンが鱒を、そしてミニマリスト作家レイモンド・カーヴァーが鮭や夏虹鱒を釣る。

ここで現代アメリカを代表する魔術的リアリズム作家ロバート・F・ジョーンズが、ずばり『ブラッド・スポーツ』（一九七三年）と題する長編をものし、その圧倒的な幻視力のもとにアメリカ文学史上の「狩猟」全般を一気にパロディ化してしまったことに注目しよう。というのもこの作品は、中国北部に源流を発しつつ何とニューヨーク州にまで流れ込むという架空の大河ハサヤンパを舞台に、主人公の少年ランナーと父親ティルカットが狩猟旅行したあげく、絶滅したはずのマストドンから幻獣であるはずのユニコーン、はたまたパトカーやヒッピー、果ては黒人同性愛者までをも釣り上げるさまを、生き生きと描き出しているからである。そうした狩猟旅行を通過儀礼として、やがて少年ランナーは父親を離れ、上流を牛耳る山賊ラットノーズ一党の仲間に入り、セックス、ドラッグ、ロックンロールを基本とする一人前の男に成長していく。虚構世界においてすら開拓運動は果てしがなく、そこでは想像力における未踏の大地がたえず希求されていることを示したこの作品は、狩猟を根本に据えたロード・ナラティヴにみごとな文学史的文脈を与えてしまった。この構図は、本人の家族が時にスタインベックの『怒りの葡萄』並みの出エジプト記的西漸運動を余儀なくされ、現実に「足もとに流れる深い川」をはじめ膨大な釣り小説をものしているレイモンド・カーヴァーを考える時にも、有効だろう。

しかし同時に、こうしたブラッド・スポーツ文学史と相補うかたちで、カーヴァーはスモールタウン文学史の中に再定位される。わたし個人は、カーヴァーを読み始めたのが一九九〇年前後なので、当時絶大な人気を誇っていたデイヴィッド・リンチ監督のカルト系テレビドラマ『ツイン・ピークス』との共振を忘れることができない。奇妙な隣人による奇妙な事件の連続は全世界的な人気を獲得し、コーエン兄弟監督による『バートン・フィンク』や、かのオリヴァー・ストーン監督の『ワイルド・パームス』など、明らかにリンチ的イディオムの再利用と見られる映像表現が渦を巻いたものだった。これを「奇妙な味の物語」として文学的にも消化しようとする傾向もあったものの、しかし同時に感じていたのは、そもそもこのような「奇妙な隣人」や「奇妙な事件」が発生してくる「奇妙な共同体」を、すなわちアメリカ的スモールタウンの雰囲気を理解しない限りは、『ツイン・ピークス』の妙味にはつながらないだろう、ということである。わたしの脳裏では、同映像が舞台としていたのが米国太平洋岸はワシントン州スノコルミーであり、レイモンド・カーヴァーが幼少期をすごしたのもまた、ワシントン州ヤキマであったという奇遇が想起されていた。それとともに、たとえば前掲地方色作家サラ・オーン・ジュウェットが「とんがり樅の国」で描いたメイン州のスモールタウンや、失われた世代の親分格であるシャーウッド・アンダソンが『オハイオ州ワインズバーグ』で、ジャズ・エイジの作家たちと同世代のウィラ・キャザーが「隣人ロジキー」で描いたオハイオやネブラスカといった中西部のスモールタウンなど、数々の地方共同体の幻想が、カーヴァーを導く補助線として浮かんでは消えた。

ミニマリズム文学は「小さな世界」を描くことで背後の大きな世界を想定させるが、まったく同時に、むしろ最初にスモールタウンという奇妙な隣人たちのグロテスクな共同体が介在しているからこそ、「小さいは大きい」というスモールタウン・アメリカの想像力が可能になったのではあるまいか。

以上のように説明してくると、ここでわたしは、いわゆる文学史的経済にしたがっていくつかの小さな系譜を意図的に絡み合わせているように見えるだろうか。しかし、そのような思考を経由しない限り、たとえばロバート・アルトマン監督がカーヴァー文学をすべてひとつの物語体系と見なして撮影するという神業を発揮した映像作品『ショート・カッツ』は、決して完成しなかったろう。「カーヴァーに忠実ではない」というおびただしい批判が出たものの、映画批評家ロバート・セルフや翻訳家・村上春樹もいうように、カーヴァー本人が自作をおびただしく加筆改稿したあげく、いまでは長尺版と短縮版が生まれてしまっている小説もあるほどで、どれが最も典拠とするに足るテクストなのかは、いまもなお不安定である。してみると、アルトマンが多くの短篇を集積し再構築して仕上げた『ショート・カッツ』こそは、じつはグローバル時代において最もアメリカ文学史的な野心的実験だったのではないかと、わたしは考える。

2 カーヴァーを読むアルトマン

レイモンド・カーヴァーをロバート・アルトマンが撮る。こう聞いて一瞬、驚くとともに、奇妙にも納得してしまう向きは決して少なくあるまい。たしかにアルトマンの作劇法はどのように小さな登場人物も大きな物語との関わりをもつことを想定し、そのにわかには解きほぐしがたいネットワークそのものを描く群像劇にあるのだから、カーヴァーが一見したところ小さき者たちの小さな世界を描いているようで、基本的には労働者階級を中心とする壮大なる文脈を垣間見せてきたことは、決して無縁ではない。とりわけ、末期ガンと闘いながら書き上げた一九八七年発表の最後の作品「使い走り」では、自らをたえず重ね合わせてきた偉大な文豪チェーホフの最期を再現しつつ、むしろその病室へシャンパンを運び込んだ、おそらくは文豪のことなど何も知らない使い走りの少年の視点を活かしていたことが、思い出される。アルトマンが二〇〇二年に公開した最新映画『ゴスフォード・パーク』もまた、イギリスのカントリーハウスで営まれる上流階級の俗物的歓楽を、あくまでメイドやバトラーなど使用人側の視点から生き生きと描き出していた。デイヴィッド・リンチがカーヴァーを類推させるいっぽう、ロバート・アルトマンはカーヴァーを具体的に映像化する方法論をあらかじめ自覚的に編み上げていたといってよい。

カーヴァーが一九三八年オレゴン州クラッカニー生まれで八八年にはワシントン州ポート・エンジェルスにて五〇年の生涯を終えたのに対し、ロバート・アルトマンは一九二五年、ミズーリ州カンザス・シティ生まれ、二〇〇三年に七八歳を迎える現在もなお活躍を続けている。アルトマンの監督歴は一九五七年の『ジェームズ・ディーン物語』から始まり、前掲最新作『ゴスフォード・パーク』まで四六年間、ゆうに四二作を数えるが、その名声と経歴と作品数に比して、受賞歴のほうは必ずしも恵まれているとはいえない。何度もアカデミー賞候補にのぼりながら栄冠に輝いたことはなく、大きな賞としては、かろうじてヴェトナム戦争に対するブラック・ユーモアあふるる『M★A★S★H　マッシュ』(一九七〇年)とハリウッド映画界へのアイロニーを盛り込んだ『ザ・プレイヤー』(一九九二年)がそれぞれカンヌ国際映画祭パルムドール賞、監督賞を獲得しているにすぎない。そのほかでは、ニューヨーク批評家協会賞監督賞が『ナッシュヴィル』(一九七〇年)、『ザ・プレイヤー』(一九九二年)、『ゴスフォード・パーク』(二〇〇二年)に与えられている。したがって、こうした受賞歴の中では、一九九三年、カーヴァー作品から十作品を——九つの短篇と一つの詩を——すべて「ひとつの物語」を成すものと見なして、強引なまでに「ひとつの映画」、すなわち『ショート・カッツ』にまとめあげてしまったその成果が、ヴェネチア国際映画祭金獅子賞を射止めたことは、特筆に価しよう。そのタイトルどおり、一見細切れに見える小さな物語の集積が、最終的にスモールタウン風景を通じて大きな物語を成していく展開は、まぎれもなくカーヴァー文学への近道《ショート・カッツ》であると同時に、アルトマン映画そのものの魅力であった。

ここで、具体的にアルトマンが「ひとつの物語」としてまとめあげた素材を、便宜上、年代とともに列挙しておこう。まず短篇が「隣人」(一九七一年)「ダイエット騒動」(一九七二年)「ビタミン」(一九八一年)「頼むから静かにしてくれ」(一九六六年)「足もとに流れる深い川」(一九七五年)「ささやかだけれど、役にたつこと」(一九八二年)「ジェリーとモリーとサム」(一九七二年)「収集」(一九七五年)「出かけるって女たちに言ってくるよ」(一九七一年)の九篇、そして詩が「レモネード」(一九八九年)の一篇。

六〇年代から八〇年代にかけての代表作がずらりと並んでいるものの、小説読者は、これらがいったいどのように連環するのかと思うと、途方に暮れることだろう。しかしアルトマンはまず、得意の群像劇の技法を活かしながらも、中心となる物語を「足もとに流れる深い川」「ささやかだけれど、役にたつこと」のふたつが扱う殺人事件に焦点を定める。まずこの選択が興味深い。というのも、二作品はともに作者の加筆改稿が激しく、結果的に大幅に印象の異なるロング・ヴァージョンとショート・ヴァージョン(後者は「風呂」なる別題すら与えられている)の双方が親しまれているからだ。そのように作家自身でさえたえず生成過程にあると認めたテクストについて、映画監督アルトマンの食指が動いたのは当然だろう。前者「足もとに流れる深い川」の語り手である妻クレアは、若い娘スーザン・ミラーが強姦と思われるかたちで殺害され、釣りに絶好の川の底に三日から五日ほど全裸で放置されていた事件を語るのだが、ここでポイントとなるのは、誰あろう自分の夫スチュアート・ケーンが四人の仲間と釣りに出かけたときにこの娘のことは目撃していたこと、にもかかわらず通報せぬまま放置してしまったことを告白するところだ。これは、ケーン夫妻の関係に微妙な陰を落とす。後者「ささやかだけれど、役にたつこと」では、少年スコッティーが誕生日を前にして自動車に接触し、その直後は一見正常を保っているかのようであったがしばらくして昏睡状態に陥り、とうとう息絶えるという事件が起こったため、その両親フィネガン夫妻は事前にチョコレートケーキを注文しておいたパン屋からの催促に逆ギレして押しかけるも、焼きたてのパンを提供されて、それまで見知らぬ他者であったパン屋とのあいだに、ひとときの思わぬ精神的交流を達成する。

双方の物語には、いかにもアルトマン的な脚色が施された。「足もとに流れる深い川」がもうひとつの短篇「隣人」と絡み合うのはごく自然だが、さらに「ささやかだけれど、役にたつこと」は、原作では轢き逃げするのが男の運転手であるのが、「ダイエット騒動」の女主人公であるドリーンにふりかえられており、しかも入院した少年スコッティーのかたわらで祖父を演じるジャック・レモンが少年の父親にえんえんと過去の自分の不始末を回想するという、きわめて手の込んだ編集ならぬ創作が組み込まれている。原作には存在しない伏線ということならば、ジャズ・シンガーであるテスと、その娘でクラシック・チェリストであり後半では自殺を遂げるゾーエという母娘関係も見逃せない。奇しくもカーヴァー未亡人であるもうひとりの才能豊かな作家がテス・ギャラガーという名前であったのを、わたしたちは思い出すだろう。映画全編を枠組むこの女性ジャズ・シンガーは、もちろん圧倒的なジャズ・マニアであるアルトマンの好みを反映して造型されたとおぼしいが、まったく同時に、全編を亡き才能を悼む挽歌に仕立てるには不可欠な物語装置だったとも見られるからである。そして、これらアメリカ太平洋沿岸諸都市で繰り広げられる『ショート・カッツ』は、地中海害虫の被害を駆除するヘリコプター群の勇姿《スペクタクル》で始まり、「出かけるって女たちに言ってくるよ」のビル・ジャミソンとジェリー・ロバーツが娘たちを誘惑しつつ石で襲いかかるやいなや大地震が起こるという、もうひとつの派手派手しい見世物《スペクタクル》で終わる。死をめぐる伏線は、カーヴァー作品からふたつの小さな、しかし決して忘却すべきではない殺人を抽出して膨らみ、結末ではそれがじつはスモールタウンのみならずアメリカ合衆国規模におよぶ大きな物語の一環であったことが明かされるというのが、アルトマン的なカーヴァー解釈にひそむ本質的な洞察だろう。

しかし、このようにカーヴァーとアルトマンの共作関係を考えれば考えるほどに思い出されるのは、むしろモダニズムの根本理論である。たとえば、カーヴァー自身が負債を明らかにしてやまないヘミングウェイの物語学「氷山の理論」を、カーヴァーが自らの物語学、すなわち「大型堂の理論」とでも呼ぶべき体系によってアップデイトしようと試みたのだと考えてみよう。即興的なコントラストのように見えるかもしれないが、ここにはヘミングウェイが積極的に「書き手」の立場より「読み手」に見せない「氷山の海面下部分」、すなわち読み手をあらかじめ盲目にする条件をその創作理論に秘めていたいっぽう、カーヴァーはむしろ積極的に文字どおり盲目の「読み手」の助けを借りて誰もが新しい「書き手」となりうること、それはこれまで現実に存在したのとは「まったく異なる大聖堂輪郭」を想像しうることを誇張する。ともにモダニズム的なエピファニーの瞬間を絞り出し、それを介して深層のリアリティをえぐり取ろうとする点では、両者ともシャーウッド・アンダソンの系統に属するが、ヘミングウェイにおける氷山の海面下部分が確固たるリアリティだとすると、カーヴァーにおける大聖堂の目に見えざる輪郭は必ずしも常に確定していない、たえず不安定にゆらぎ続けるリアリティのように思われる。

極論を怖れずにいうならば、もともとヘミングウェイのモダニズム詩学を彩る氷山の理論というのは、ハードボイルドの創作理論であるとともに、映画そのものに関する表現理論だったのではあるまいか。徹底して事物の表面を描き出すことだけが事物の深層にひそむリアリティへ到達する唯一の最短距離《ショート・カッツ》であるという逆説的なテーゼは、最もモダンな文学ジャンルと最もテクノロジカルな表現ジャンル双方にあてはまる。二〇世紀後半のポストモダニズム文学においてもこの方法論は発展し、大量消費社会においても歴史的自意識が芽生える可能性が、フィリップ・シモンズのいう「深い表層」なるキー・コンセプトのもとに探究されている。そして、いま忘れてはならないのは、ほかならぬロバート・アルトマン本人の群像劇手法が、まさしくロバート・セルフの呼ぶ「閾下のリアリティ」を実現するものであり、彼が映画の可能性とともにハードボイルドの可能性を最も本質的に喝破しようとした作品には、一九七三年にずばりハードボイルド文学の大御所レイモンド・チャンドラーの傑作小説をもとに製作した『ロング・グッドバイ』が含まれているという事実である。

3　ふたりのレイ、ふたりのテス

レイモンド・カーヴァーとレイモンド・チャンドラー。

ふたりのレイモンドを並べるのは駄洒落めいて聞こえるかもしれないが、しかし少なくとも初期のカーヴァーの文体がハードボイルド的と評され、映画監督ロバート・アルトマンが彼ら双方の文学作品のきわめて優れた映像化を行った歴史を、否定することはできない。レイモンド・チャンドラーは一八八八年イリノイ州シカゴ生まれだから、これはモダニズムの中核T・S・エリオットとまったくの同年齢であり、レイモンド・カーヴァーよりもきっかり半世紀ほど年長になる。興味深いのは、モダニズムの黄金時代である一九二〇年代ジャズ・エイジにおいては、チャンドラーはむしろロサンジェルスにてダブニー石油シンジケートで簿記の仕事に就いたのち、副社長に昇進し、実業の世界で頭角を現すことだ。それが二九年に勃発した大恐慌の余波で、西海岸石油業界での地位も危うくなり、三〇年より小説執筆を開始し、三九年に私立探偵フィリップ・マーロウを主役に据えた第一長篇『大いなる眠り』を出版。以後、マーロウのシリーズとしては『さらば愛しき女よ』(四〇年)から『高い窓』(四二年)、『湖中の女』(四三年)、『かわいい女』(四九年)、アメリカ探偵作家クラブ最優秀長篇賞を受賞した『長いお別れ《ロング・グッドバイ》』(五三年)、そして作家最後の作品となった『プレイバック』(五八年)まで、全七作を発表、その多くがロバート・ミッチャムやエリオット・グールドらハリウッドの名優たちが演じるハリウッド映画の名作となり、ハードボイルドというジャンルを確立するのに決定的な役割を果たした。一九五九年、七〇歳の時にはアメリカ探偵作家クラブの会長に選出されるも、呼吸器系の持病により、カリフォルニア州ラホーヤの自宅にて、同年のうちに死去する。

そう、年代といい作風といい、チャンドラーとカーヴァーではまったく異なる。しかし、七三年、チャンドラーの『長いお別れ《ロング・グットバイ》』を映像化したアルトマンが、きっかり二〇年後にあたる九三年、カーヴァー文学を映像化するさいにも、ハードボイルドの手法を応用したのは、たしかなことだ。げんに「足もとに流れる深い川」のスーザン・ミラー強姦殺人事件や「ささやかだけれど、役にたつこと」のスコッティー・フィネガン轢き逃げ事件などは、もともとハードボイルド探偵小説の要素を孕んでいたが、とくにアルトマンによる脚色では犬を捨てる物語「ジェリーとモリーとサム」の関連で女癖の悪い警官が登場したり、大団円で「出かけるって女たちに言ってくるよ」の男たちによる娘の殺害事件が大地震による事故として解決されたりと、いかにも善悪の尺度を問い直すハードボイルド風のヒネリが利いているのである。

さらに付言するなら、ふたりのレイモンドによる作品はそれぞれ、まぎれもないアルコール中毒文学であるという共通点を含む。『長いお別れ《ロング・グッドバイ》』は名探偵フィリップ・マーロウがどこか顔面整形の跡のある不思議な男テリー・レノックスと友人になるも、彼が大富豪ハーラン・ポッターの娘であった元妻シルヴィア・レノックスを殺害したと告白してから、マーロウ本人も容疑者に仕立て上げられていくという奇妙な人間関係の渦に巻き込まれる。さらに、別件でアル中のベストセラー作家である夫ロジャー・ウェイドが行方不明になったので探してほしいと訪ねてきた女性アイリーン・ウェイドの依頼にこたえていくうちに、彼女が旧知であるというテリー・レノックスは、じつは以前ポール・マーストンという偽名によって彼女自身と結婚歴があったことさえ発覚し、シルヴィア殺害の真相をめぐる謎はますます深まっていく。あたかもヘミングウェイの氷山の理論を反映するかのように、マーロウはハードボイルドの極意を自らこう語る。「とても信じられないような人間がとても信じられないような犯罪をおかすのです。やさしいおばあさんが家族全部を毒殺する。おとなしい子どもがホールドアップをやったり、ひとを撃ったりする。

二〇年間まじめにつとめていた銀行の支配人がつかいこみの常習犯だったりする。幸福に暮らしてるはずの人気作家が酒に酔って、妻を病院に入れたりする。たとえ親友でも、何をするかは見当もつかないんです」（第一四章）。

そして作品内作家ウエイドは、著者自身と同世代の詩人エリオットが準拠したフレイザー卿の先駆的文化人類学の業績『金枝篇』についても「われわれの性的習慣がただの慣習にすぎないことがわかる」といい（第三五章）、ジャズ・エイジの寵児F・スコット・フィッツジェラルドを「阿片中毒になったコールリッジ以来のもっとも優れた酔っぱらいの作家だ」と崇拝してやまない（第一四章）。

かくして本書は最終的にどんでん返しに次ぐどんでん返しによって、じつはテリー本人が生きていたのが発覚するという驚くべき結末を迎えるのだが、そこを料理するにあたって、映画監督アルトマンはテリーの整形手術という要素を削除し、かつエリオット・グールド演じる探偵マーロウによる友人テリーの射殺という、原作には存在しない衝撃を用意した。マーロウに啓発された後続作家は数多く、チャンドラー生誕百周年にあたる一九八八年には、現役作家がこの名探偵を主役にハードボイルドの巨匠へオマージュを捧げるアンソロジー『レイモンド・チャンドラーのフィリップ・マーロウ』まで出版されているから、こうしたアルトマンの芸当は、その文脈で解釈できる。むしろ、いちばん印象的なのはこれに引き続くラストシーンの撮影法だ。というのもそこでは、イギリス作家グレアム・グリーンが先駆的ハードボイルドとしてキャロル・リード監督のために書き下ろしたオーソン・ウェルズ主演の映像版『第三の男』（一九四九年、小説は五〇年）への切々たるオマージュが窺われる仕掛けになっており、グリーン的な「堕ちた偶像」のモチーフを、チャンドラーおよびハリウッド映画史の文脈において継承しようとする意志がはっきりと認められるのだから。

ただし、レイモンド・チャンドラー本人がアル中患者になったのは比較的遅く、『長いお別れ《ロング・グッドバイ》』出版後の一九五四年、六四歳の年に、一八歳年上で三〇年間連れ添った愛妻シシーが急逝したのちのことであった。アル中のため、浴室でピストル暴発事件まで引き起こしている。

いっぽう、レイモンド・カーヴァーはといえば、そもそも実の父であるクレヴィー・レイモンド・カーヴァーからして大酒飲みであり、酒を断ったあとは鬱病をきたし神経衰弱となり、電気ショック療法を受けた経験さえもつ。歴史はくりかえし、息子レイモンドもまた、作家として名声を確立し始めた一九七三年ごろからアル中がひどくなったため、七六年から七七年にかけて四回ほど、その治療のために病院や恢復センターに入っており、この時の経験が短篇小説の傑作「ぼくが電話をかけている場所」（一九八二年）に結実した。

このようにふりかえってみると、わたしたちはアルトマンのハードボイルド的映像『ショート・カッツ』の中に、一見したところアル中とわかるモチーフはほとんど入っていないものの、じつは前掲「女たちに行くって言ってくるよ」のジェリーの妻キャロルを発展させたロイスが、三人の子持ちながら、たえずテレフォン・セックスのバイトをして荒稼ぎしているという設定に、この監督らしいエレガントな仕掛けを感知せざるをえない。もちろん映画版ではカーヴァー原作とは異なり、ジェリーもスーパーマーケットの店長ではなくプールの管理人にされているものの、アルトマンがカーヴァー作品を建設的に再解釈してそのすべてを「ひとつの作品」に仕立てあげようとする限り、アル中レイモンドのすがたをかすかでも匂わせないはずはない。そう、ここでわたしはロイスのテレフォン・セックスの相手こそ、アル中時代の「バッド・レイ」ならぬ彼の似姿ではなかったかと考える。ジェリーの妻ロイスがたえず「バッド・レイ」と語り続けるあまりに夫婦の危機をもたらし、テス・ギャラガーならぬジャズ・シンガーのテスがアル中回復後の「グッド・レイ」を追悼しつつ故人を再構築するという精妙なる構図こそは、映画監督ロバート・アルトマンが最も雄弁にカーヴァー文学を映像化するための戦略だったのではあるまいか。

4 空から蛙が降ってくる

最後に、我が国におけるレイモンド・カーヴァー受容にさいし最も貢献度の高い作家兼翻訳家・村上春樹との関連において、ひとつのメモを残しておきたい。というのも彼が編訳書『月曜日は最悪だとみんなは言うけれど』（中央公論新社、二〇〇〇年）に収めたD・T・マックスによる論文「誰がレイモンド・カーヴァーの小説を書いたのか？」は、カーヴァーの作品に編集者ゴードン・リッシュが積極的に手を入れ決定的役割を演じ、それを実の妻であり自身が作家でもあるテス・ギャラガーが隠蔽しようとしたという、ひとつの文学的スキャンダルをめぐるエッセイなのだが、ここで編訳者はマックスをはるかに上まわる感動的な作家擁護を行っているからだ。

マックスはここで、エズラ・パウンドによって「荒地」を切り刻まれたT・S・エリオットや、フィッツジェラルドによって『日はまた昇る』に手を加えられたヘミングウェイについて語りつつ、カーヴァー本人の発言を引く――「何よりも大事なのは立派な詩が書かれているということです。誰によって書かれるかというのは、それに比べればまったく些細なことです」（三九頁）。そして、それに村上春樹本人が作家テス・ギャラガーと作家カーヴァーとを比べて発している意見がオーヴァーラップする仕掛けだ――「ただカーヴァーは圧倒的に優れた作家だったのだ。（中略）レイモンド・カーヴァーが後期に書いた優れたいくつかの作品は（中略）たとえどんな経緯があるにせよ、レイモンド・カーヴァーその人にしか書けないものなのだ」（一一一―一一三頁）。

村上春樹が一九七九年に群像新人賞受賞作『風の歌を聴け』でデビューした当時、わたしたちがその小説から即座に感じ取ったのは、かの翻訳家・伊藤典夫が苦心惨憺の末に編み出したカート・ヴォネガットの翻訳文体を、あまりにも自然に自家薬篭中のものにしてしまっている印象だった。ところが今日では、むしろ春樹文学の文体に原型的＝独創的な新しさを覚えて影響を受けた新しい作家たちが生まれ、しかもその文体に影響を受けた翻訳家たちすら出現して成果を収めているところに、彼のグローバル作家としての価値がある。

その印象が強まったのは西暦二〇〇〇年、村上春樹が短篇六編から成る連作集『神の子どもたちはみな踊る』（新潮社）を出版した時だ。九五年一月に阪神淡路大震災が、それに続く三月にオウム真理教による地下鉄サリン事件が勃発し、著者はその「空白の一ヶ月」について並々ならぬ関心を示す。地震とサリンのはざまを幻視しようとした本作が、黙示録的想像力によって連環することになったのは当然である。六編それぞれの物語が交わりそうで交わらない、交わらないがどこかで交わっているというオムニバス連作の醍醐味をじゅうぶん満喫できる。

この連作にふれて、わたしは最初、これは村上春樹がレイモンド・カーヴァーに最も接近した連作集ではないかと思った。これまでにも長篇、短篇問わず先行者の影を感じることが少なくなかったが、とりわけカーヴァーの「ぼくが電話をかけている場所」に自然主義文学を代表するアル中作家ジャック・ロンドンの死に方への言及があるように、村上春樹の連作第二作「アイロンのある風景」においても同じジャック・ロンドンの死に方が綴られている。カーヴァーはアル中厚生施設の所長フランク・マーティンに「ジャック・ロンドンは昔、あの谷の向こうに広い土地を持っていた。君らの見ている緑の丘のちょうど向こう側だよ。でも彼はアルコールのおかげで死んだ」と言わせたが、村上春樹は海岸で焚き火をするのが好きな三宅さんに「ジャック・ロンドンは真っ暗な夜の海で、ひとりぼっちで溺れて死んだ。アルコール中毒になり、絶望を身体の芯までしみこませて、もがきながら死んでいった」と語らせている。ロバート・アルトマンの『ショート・カッツ』がカーヴァー文学をすべて連環するものと捉えた群像劇手法は、明らかに村上春樹の連作方法論へ作用したのである。ここで、村上春樹もまたもうひとりのレイモンド・チャンドラーを愛好するハードボイルド礼賛者であったことを付け加えれば蛇足になるだろうか。

折も折、ウィリアム・ギブスンが九九年に発表した新作『フューチャーマチック』や同年のポール・トーマス・アンダーソン監督による映画『マグノリア』などでは、いずれもアルトマン風に、一見無縁な複数の群像劇が営まれ、最終的には壮大なるスペクタクルへ収束していくさまが描かれたものであった。

かくしてわたしは、表題作と「かえるくん、東京を救う」の二編が、前者では蛙に似た男というたとえとして、後者では文字通りの巨大な蛙として、それぞれ異なったかたちで描かれながらも、ともに蛙という形象のなかに、ひとつの救済を幻視していたことにいちばん衝撃を受けた。まったく同じころに製作された前掲『マグノリア』で、空から蛙の雨が降ってくるという異常気象のなかに、同じく黙示録的イメージを構築していたのは、とうてい偶然とは思えない芸術表現上の同時多発である。わたしはこの奇遇について、朝日新聞社が二〇〇一年一二月一〇日付で刊行した〈アエラムック——村上春樹がわかる〉への寄稿の中でふれたのだが、それから一年以上が経ち、村上春樹が新作長篇『海辺のカフカ』(新潮社)を出版し、明らかに『マグノリア』の影響と思われる、空から二千匹におよぶイワシとアジが降って来るというスペクタクルを描き出した時、それはとうてい奇遇とは思えなくなった。これはまちがいなく、カーヴァー＝アルトマンの路線からアンダーソンを経由した帰結である。シャーウッド・アンダソンから始まったスモールタウンのグロテスク群像は、さまざまなアメリカ文学史的経路を通り、ポール・トーマス・アンダーソンのスペクタクル映像に反映し、そして再びグローバル文学へフィードバックし続けてやまない。

それにしても、アンダーソンが、村上春樹がこだわった蛙とはいったい何か。

真っ先に思い出したのは、現代ドイツ作家パトリック・ジュースキントが八五年に発表し、たちまち一大ベストセラーとなった第二長編『香水』(池内紀訳、文藝春秋、八八年)だった。主人公ジャン・バティスト・グルヌイユは、殺人者を母に持つ卑しい素性でありながら、あらゆる匂いを嗅ぎわけるがゆえに、至高の香水を創造する天才に恵まれ、まさにそのために人々を攪乱していく犯罪者なのだが、そもそも彼の名前こそは蛙(Grenouille)とともに洗礼名ヨハネ(Jean Batiste)の意味を併せ持つのだから。

だが、まったく同時に、いまのわたしたちなら再びレイモンド・カーヴァーに立ち戻り、彼がその切々たるエッセイ「父の肖像」の中で明かすように、幼いころ、父から自分が「蛙くん」(frog)という渾名で呼ばれていたことを想起するだろう。そして、スモールタウンに棲息する一匹の蛙の背後にこそ、グローバル時代の最も鋭角的なリアリティを映し出すオムニバス群像劇が隠れていることに、深い思いを馳せるだろう。それは、まったく新しいブラッドスポーツ文学の可能性とも、決して無縁ではない。

＊引用／参考文献――

Carver, Raymond. *Short Cuts.* Introd. Robert Altman. New York: Vintage, 1993.

Chandler, Raymond. *The Long Goodbye.* 1953. New York: Vintage, 1992. 邦訳は清水俊二による早川書房版を参照。

Lingeman, Richard. *Small Town America.* Boston: Houghton Mifflin, 1980.

Nesset, Kirk. *The Stories of Raymond Carver.* Athens: Ohio UP, 1995.

O'Brien, Geoffrey. *Hardboiled America.* New York: Da Capo, 1997.

Preiss, Byron, ed. *Raymond Chandler's Philip Marlowe.* 1988, New York: ibooks, 1999.

Self, Robert. *Robert Altman's Subliminal Reality.* Minneapolis: U of Minnesota P, 2002.

Simmons, Philip. *Deep Surfaces: Mass Culture and History in Postmodern American Fiction.* Athens: U of Georgia P, 1997.

10 ケーキを食べた男

柴田元幸

1

レイモンド・カーヴァーについて考えるとき、たいていの読者にとって「笑い」はたぶん真っ先に浮かぶ要素ではないだろう。が、たとえば作家仲間のトバイアス・ウルフはカーヴァーの初期作品に「とらえどころのないユーモア」を感じたと述べているし、[1] 晩年のパートナーだったテス・ギャラガーは中期以降のカーヴァー作品の主要な要素として「ユーモア」を挙げている。晩年に北西部で朗読会を行ない、「象」を読んだとき聴衆があまりに大声で笑うのでカーヴァーが何度も朗読を中断する破目になったとテスは書いている（CW3 一三一一四）。

たしかにカーヴァー作品には、効率よく笑いが生じることを主眼に文脈を組み立てはしないため目につきにくいが、「考えてみるとけっこう可笑しい」出来事や書き方が案外多い。たとえば、「大聖堂」に出てくる食事のシーン。妻の知りあいの盲人が訪ねてきて、「私」と妻と客の三人で夕食のテーブルにつく。と、それまでのどうにも盛り上がらない空気とは一転して、彼らはすさまじい勢いで食べはじめる。

我々はまさにかぶりついた。テーブルの上にある食べ物と名のつくものは残らずたいらげた。まるで明日という日がないといった感じの食べ方だった。我々は口もきかずに、とにかく食べた。我々はがつがつと貪り食い、テーブルをなめつくした。実に熾烈な食事だった。盲人は食べ物の位置をすぐに把握した。自分の皿のどこに何があるかがちゃんとわかっていた。肉を食べるときの彼のナイフとフォークの使い方は見ていてほれぼれするものだった。彼は肉を二切れ切ってそれをフォークで口にはこび、それをぜんぶ食べてしまうとスカロップト・ポテトに移り、次に豆を食べ、それからバター付きパンを一切れちぎって食べた。そしてそのあとでごくごくとミルクを飲んだ。時折平気な顔で指を使って食べさえした。

我々はすべてを食べつくした。ストロベリー・パイも半分食べてしまった。我々はしばらく茫然としていた。汗が玉のように我々の顔に浮かんだ。それからやっと我々はテーブルから立

ち上がり、食べちらかした食卓をあとにした。後ろは振り返らなかった。(CW3 三九一)

不思議な一節である。彼らがそのとき特に空腹だったという記述もないし、メニュー的にも「ステーキとスカロップト・ポテトと青豆」(三九〇)にパンを添えたという、とりわけ魅力的とも思えない、標準的なカーヴァーふう食事である。村上春樹さんが「思い返してみると、レイ・カーヴァーの小説には料理が美味しそうに描かれている例があまり見当たらない」(CW6 四七五)と書いているが、ここでも料理自体は格別美味しそうに描かれてはいない。にもかかわらず、そのぱっとしないメニューの食事を、三人は異様に気合いを入れて食べる。美味しそうに、をとっくに通り越して、つかのま狂気にとり憑かれたかのように貪り食うのである。

作品のほぼなかばに出てくるこの食事のシーンは、一種の分岐点と見ることもできる。たがいにどう接したらいいかを測りかねて、何となくぎくしゃくしていた三人が——特に、初対面である「私」と盲人が——この食事をきっかけに急速に接近していき、それが助走となって、二人でほとんど一体となって大聖堂を描くというあの結末に収斂するのだ、と言って言えなくもなさそうである。引用した一節でにわかに"we"という単語が多用されはじめる(それは村上訳でも「我々は」の多用に再現されている)ことも、そうした読み方の傍証として挙げることができるかもしれない。

だが、そういった効率のよいまとめ方は、カーヴァーを読む実感とはかなり隔たっていると言わざるをえない。作者が突然、いままでとはいささか違ったトーンのセットピースを導入し、それによって作品の流れを転換させている、といった「操作」に還元してしまうには、この食事の一節はあまりに唐突すぎる。それに、夕食が済んだあとも、「私」は依然としてぎこちなさを抱えていて、テレビのスイッチを入れて妻を苛立たせたりしている。会話にもうまく乗れなくて、「それについていったいどう言えばいいのか、私にはわからなかった。言うべきことがまるで何もないのだ。感想なし。しかたないから私はニュース番組を眺め、アナウンサーの台詞に耳を傾けた」と述べている。（三九三）

では、食事の前とあとでは何も変わっていないかというと、そうとも言いきれないのがカーヴァーの面白さである。読んでいて、そこには不連続性が、というか不連続性の感覚が、間違いなくある。大げさにいえば、いわばビッグ・バンのように一個の特異点がそこに入っていて、その点の前とあとでは、もはや同じ法則が通用しないような、だが点のあとに立つ限り前とあとがどのように違っているのかはわからないような、感じなのだ。

「食事を機に、何かが変わるのだけれど、何がどう変わるのか、正確に言うのは難しい」というこのパターンは、『大聖堂』に収められた別の短篇「羽根」にも見られる。

工場で働くジャックとその妻フランが、ジャックの同僚バドの家に食事に招待される。カーヴア一作品の登場人物にしてはかなり洗練されている部類に属するフランは、明らかに野暮ったいバドとその妻に招かれたことを少しも喜んでいない。ホームメードのパンを持って、気の進まぬままとにかく行ってみると、メニューはここでも「ベイクト・ハムとさつまいもとマッシュ・ポテトといんげん豆と軸つきとうもろこしとグリーン・サラダ」(CW3 四一)といういたって月並みな内容であり、今回は「大聖堂」とは違って、その月並みさに見合ったごく月並みな反応しか人々は示さない。

が、そこで展開されるディナーは、はじめから終わりまで、いささか奇怪な様相を呈している。その主役になるのは、まずは人間並みに家のなかに入りたがる孔雀であり、次に妻の貧しい過去を象徴するおそろしく歯並びの悪い歯型であり(現在の矯正された見事な歯は今日の彼女の幸福の象徴である)、[2] さらには、「不細工と呼ぶのももったいないという気がするほど」(四八—四九)醜い赤ん坊である。歯型については何も言わず、孔雀には嫌悪を示すフランは、不細工な赤ん坊にはなぜか非常に興味を示す。家に帰るとフランは、ベッドで夫に「ねえ、あなたのタネをいっぱいちょうだいな」とせがむ。(五六)どうやら子供が欲しくなったらしい。

ここまではわかりやすい展開である。田舎臭い相手に対して優越を感じている女が、相手の醜い子供を見て、あたかも母性と対抗意識を刺激されたかのように、自分も赤ん坊が欲しくなる。ありがちな話だ。が、それだけではない。この奇妙なディナーを経ることで、ジャックとフランの関係の、何かが変わる。二人のあいだで、何かが壊れてしまったのだ。

その後、状況が変化したり子供が生まれたり何やかやがあったあとで、フランはバドの家の出来事を思いかえしては「あれが物事の変わりめだったわね」と言うようになった。でもそれは違う。変わったのはそのあとのことだ。その変化は本当に自分の身に起こったとはなかなか思えなくて、まるで他人の身に振りかかったようにしか思えなかった。

「いかさない夫婦と不細工な赤ん坊」とフランは言う。夜おそくテレビを見ながら、脈絡もなくそう口にする。「それにあの臭い鳥」と彼女は言う。「考えただけで気色わるい」と言う。彼女はあれ以来バドにもオーラにも一度だって会ってはいないのに、ことあるごとにそういう風なことを口にする。

フランはもう乳製品工場で働いてはいないし、長い髪もとっくの昔に切ってしまった。それに彼女はぶくぶくと太ってしまった。我々はそれについてはもう語りあわない。いまさらどう言えばいいのだ？（五七）

見ようによっては、夫婦にとって、バドの家でのディナーは、呪いのようなものかもしれない。オーラに優越を感じていたフランは、オーラと同じように子供を産んだ結果、長い髪（それは冒頭で、ジャックにとってフランの魅力の最重要要素だと語られていた）も切ってしまい、「ぶくぶくと太ってしまった」。生まれた子供も「ずる賢いところがある」らしい。が、ジャックは「そういう話は（……）女房とも――とりわけ女房とはということだが――話さない。私と彼女とはだんだん話すことが少なくなってくる。一緒にテレビを見るくらいのものだ」。（五八）あの夜のディナーを分岐点として、ジャック／フラン夫妻は、いまやバド／オーラ夫妻の劣ったコピーに成り果てたとも言えそうである。

が、「あれが物事の変わりめだったわね」とまさにフラン自らが言っているせいで――つまり、まさにあの夜のディナーを呪いとして読解せよ、と当事者が自己言及しているせいで――かえってそのような読みに還元することを我々はためらってしまう。それは、ひとつには、ディナーでの一連の出来事が、呪いという意味に収斂させるにはやはりあまりに唐突であり象徴として効率が悪すぎるように思えるからであり、またもうひとつには、通読すればわかるが、ジャックとフランのあいだに最初から不協和音がつねに響いていて、この二人の関係は呪いなどなくてもいずれ自然に崩壊したのではないか、と思わせるからでもある。周知のように、カーヴァーの世界では、何ら不協和音などなくとも、関係は原則として崩壊するのだから。

一方ジャックは、「あれが物事の変わりめだったわね」というフランの言葉に対して「それは違う」と考えている。たしかに作品最後の、でも私はあの夜のことをよく覚えている。孔雀がその灰色の脚をぴょんぴょんとはねあげて食卓のまわりを小刻みにまわっていたことも思い出す。それから私の友だちとその奥さんがポーチに立って我々を見送ってくれたことも覚えている。オーラはフランにおみやげに孔雀の羽根を何本かくれた。我々はみんな握手して、抱きあって、なんのかのと言った。帰りの車の中でフランはしっかりと私に身を寄せていた。彼女はずっと私の膝に手をのせていた。そんな風にして、我々は友だちの家をあとにしたのだ。（五八—五九）

――というカーヴァーらしい、悲惨な現在の中に過去の暖かい記憶がふっと幻影のようによぎる終わり方は、あの夜を「呪い」と読むことを否定しているようにも思える。だがこれも決定的な根拠にはならない。物語的には、なごやかな、気持ちのなごむ晩だったからこそ呪いになりうるとも言えるからだ。結局、変化が起こったことは確かだが、あの夜が本当に「変わりめ」だったのか、そもそもあの夜に正確に何が変わったのかの答えは宙づりにされている。さらに見事なことに、変化が起こったことは確かだとしても、その変化について当事者が「まるで他人の身に振りかかったようにしか思え」ないとつけ加えることで、その変化によってもはや自分が自分であることも実感しづらくなっているという事態が伝えられている。そういったことがすべて、いかにもありそうな夫婦間のずれを通して語られる。巧妙な書き方と言うべきだろう。

2

このように、「大聖堂」ではまさに建設的な方向に向かい、「羽根」の場合は崩壊に向かうという違いはあれ、どちらの作品でも「食事を機に、何かが変わるのだけれど、何がどう変わるのか、正確に言うのは難しい」というパターンが見られる。そしてこのほかにも、食べること、あるいは食べないことが、作品の決定的な瞬間に参与していることはカーヴァーの場合かなり多い。以下、カーヴァー作品における「食べること/食べないこと」の意味をいくつか具体的に見てみる。[3]

まず誰でも思いつくのは、「ささやかだけれど、役に立つこと」(『大聖堂』所収)の結末で、パン屋が焼いたパンを、子供を失った夫婦が食べるシーンだろう。焼きたての温かいパンという、いかにもシンボリックな食べ物を口にすることによって、夫婦は子供を失った悲しみをいくらかなりとも癒される。パンを食べることはまさに「役に立つこと」なのだ。それにまた、別のところでも書いたが、ここでパンを食べている母親は、自らは子供のいない身ながら毎日のようにバースデイ・ケーキを焼きつづけてきたパン屋の悲しみを理解できる人間に成長している。[4] だがその成長の代償はあまりに大きい。パン屋が焼いたケーキを子供は食べずに死んでしまい、パン屋が焼いたパンを親たちは食べる。それは対称の関係ではない。バランスは全然とれていないのだ。まさにその帳尻の合わなさ、救済の曖昧さによって、この通俗的な設定は、癒しの物語に収斂することを免れている。

また「メヌード」（『象』所収）では、神経が参っている「僕」のために、気を鎮めるのに効くからと、友人のアルフレードが「メヌード」（臓物の煮込み料理）を作ってくれる。

牛の胃《トライプ》。まずトライプと一ガロンの水で始まった。それから彼は玉葱を刻んで、それを沸騰しはじめていた湯の中に放り込んだ。チョリゾ・ソーセージを鍋の中に入れた。そのあとで干した胡椒の実を沸騰した湯の中に入れ、チリ・パウダーをさっさっと振った。次はオリーヴ・オイルだ。彼は大きなトマト・ソースの缶を開け、それをどぼどぼと注ぎ入れた。にんにくのかたまりと、ホワイト・ブレッドのスライスと、塩と、レモン・ジュースを加えた。彼は別の缶を開け――皮むきとうもろこしだ――それも鍋の中に入れた。それを全部入れてしまうと彼は火を弱め、鍋に蓋をした。（CW6　一二三―一二四）

こうしてアルフレードは真夜中に、おそろしく真剣な顔で、仲間たちにからかわれても意に介せずメヌードを作りつづける。訳者の村上氏も指摘しているように、カーヴァーにしては例外的に美味そうな食べ物の描写である（CW6　四七五）。だがむろん、これを「僕」が食べて、首尾よく癒される、と順調に事が運ぶほどカーヴァー・ワールドは甘くない。「僕」はベッドに横になって寝入ってしまい、午後遅くにめざめたときには、「メヌードはなくなってしまっていた。鍋は流しの中で水につけられていた。連中がそれをすっかりたいらげてしまったに違いない！みんなでたらふく食べてしまったのだ。家の中には人気はなく、あたりはしんと静まりかえっていた」（一二五）。食べないのでは癒しも救済もあったものではないとも言えそうだが、しかしここでは逆に、村上氏の言うとおり、「画家のアルフレードが台所に立ってぐつぐつと煮えているメヌードのその音や匂いが、いわば失われた救済として、ありありと感覚的に（視覚的に、聴覚的に、嗅覚的に）読み手に伝わってくる」（四七五）。メヌードをみんなに食べられてしまったという先の記述にしても、カーヴァーが朗読したらきっと笑いを誘ったにちがいない滑稽さが漂っている。なかったけれど、あってもよかった癒し。そもそもアルフレードが真剣にメヌードを作ってくれたことで、「僕」は（ある程度は）すでに救われているのかもしれない。ここではいわば、温かい曖昧さが、食べられなかった食べ物のまわりに漂っている。

食べずに終わった食事、というモチーフは、「隔たり」（『ファイアズ』所収、短いバージョン「何もかもが彼にくっついていた」は『愛について語るときに我々が語ること』所収）にも見られる。子供が生まれたばかりの、まだごく若い夫婦。赤ん坊の具合が悪いときに「少年」が猟に出かけようとして「少女」は腹を立てるが、結局少年は帰ってきて、二人は仲直りし、少女は「ベーコンと目玉焼きとワッフル」の朝食を作る。


こいつはうまそうだな、と彼は言った。彼はワッフルにバターを塗り、シロップをかけた。でもワッフルを切り始めたとき、彼はそれを皿ごと自分の膝の上に引っくり返してしまった。まったくなんてことだ、と彼は言って、テーブルから慌てて離れた。少女は彼を見て、それから彼の顔に浮かんだ表情を見た。彼女は笑い出した。あなた自分の顔を鏡で見てごらんなさいよ、と彼女は言った。そして笑い続けた。彼は自分のウールの下着の前にべっとりとついたシロップと、それに付着したワッフルやベーコンや卵の切れ端を見下ろした。彼も笑いだした。

腹ぺこで死にそうだったのに、と彼は首を振りながら言った。

腹ぺこで死にそうだったのね、と彼女は笑いながら言った。(CW4　二六二)

こうして二人は「もう喧嘩なんかやめましょう」と言いあって、キスをする。一件落着、ハッピーエンド——だが、そうは行かない。この話は、もう中年になった「少年」が、このとき赤ん坊だった、今や二〇歳になった娘に語るという設定になっている。その父と娘の会話のなかで、結局少年と少女の関係は壊れてしまったことが明らかになる。

面白かったわ、と彼女は言う。本当にすごく面白かったのよ。でもいったい何が起こったの？　と彼女は言う。つまりそのあとに、ということだけれど。

彼は肩をすくめ、グラスを手に持って窓際に行く。外はもう暗い。でも雪は降り続いている。物事は変化してしまうものなんだ、と彼は言う。どうしてそうなるのかは私にもわからない。でも知らないうちに、好むと好まざるとにかかわらず、物事は変化してしまうんだ。（二六三）

そう、物事は変化してしまう――それも、かならず悪い方に。少年がベーコンと目玉焼きとワッフルをひっくり返してしまうのは、「羽根」のフラン風に言えば悪い未来への「変わりめ」だろうか？　ここでもまた、そうであって、そうではない、と言えるだろう。「知らないうちに、好むと好まざるとにかかわらず、物事は変化してしまう」のであり、関係は原則として壊れる。朝食をひっくり返そうがひっくり返すまいが、いずれは壊れる。だが、朝食をひっくり返してしまう、というか朝食がひっくり返ってしまうという出来事自体は――それは避けえた過ちというより、避けようのない天災のように思える――関係の崩壊の一、見、微、笑、ま、し、い、予告編のように思えなくもない。原因ではなさそうだが、予兆ではありそうである。この一件が持つ意味は、「羽根」

のディナーと同じ曖昧さを帯びている。

さて、カーヴァーにおける食べる／食べないという問題を考えるなら、全国規模出版としては最初の作品集『頼むから静かにしてくれ』の巻頭に収められた「でぶ」を避けては通れないだろう。単数の一人称では足りないとでもいうかのように、自分を「私ども」と呼び、たっぷりとした食事をまたたくまに平らげてみせる、おそろしく太った男。カーヴァーはまさに、「食べること」をめぐる話とともにメジャー作家として出発したのだ。

ここはひとつありていに申せばですな、と彼は言う。そして彼は椅子の中で体を動かす。私どもはスペッシャルをいただきたい。しかしそれに加えてヴァニラ・アイスクリームの方もいただけるんじゃないかと思うのです。それからもしよろしければ、そこにちびっとだけチョコレート・シロップをたらしていただきたいですな。いやいや、どうもこれはずいぶん腹を減らしていたというべきですな、と彼は言う。(CW1 一七―一八)

ウェイトレスである「私」は、なぜかこの太った男と、その食欲に惹かれている。夫のルーディにベッドでのしかかられたときにも、「私は突然自分がでぶになったように感じる。ものすごくでぶになったような気がするのだ。ルーディはどんどん小さくなり、ほとんど存在も認められないくらいになる」。(二一) そういう彼女が発する「私の人生は変化しつつある。私にはそれが感じられるのだ」という一言とともに作品は終わる。その意味で、太った男の食欲は、彼女の人生の可能性を拡げてくれるものとして機能している。男は食べることで、語り手をささやかながら救っている。

だが、男自身にとっては、それは呪いである。「私なんかずいぶん食べるのに、どれだけ食べても太らないんですよ(……)一度太ってみたいものだわ」と言う「私」に、男は「いいや(……)私どもにもし選ぶことができますなら、答えはノオですな。しかし選ぶことなどできんのですが」と答える(一九)。男は実に美味そうに食べる。その後のカーヴァー作品の大半の人々の食欲をあらかじめ横取りしてしまったかのように、この上なく気持ちよさそうに食べる。だがそれでも、「私どもにもし選ぶことができますなら、答えはノオ」なのだ。食べることの意義はここでも両義的だ。

3

以上、いくつか主要作品を通して、食べる/食べないことがそれぞれの曖昧さを伴って機能しているのを見てきた。このほか、冷蔵庫が壊れて解けた冷凍食品の水が失業中の夫の裸足のかたわらに流れ落ちるシーンが印象的な「保存されたもの」(『大聖堂』所収)、川で釣りをしながら男が「ぱさぱさに乾いていて、何の味もしな」(CW4　二九三)いサンドイッチを食べる姿がほとんどヘミングウェイのパロディに読める「キャビン」[5](『ファイアズ』所収)、妻が夜中に夫にねだるバターとレタスと塩のサンドイッチが若い夫婦の貧しさと優しさ(とその無力)をせつなく伝えている「学生の妻」(『頼むから静かにしてくれ』所収)など、論じたい作品はほかにもいくつかあるし、「愛について語るときに我々が語ること」のように「飲むこと」を問題にすべき作品もあるが、むしろ次に問うべきは、なぜ食べることがカーヴァーにとってそれほど中心的な位置を占めているのか、ということだろう。たとえばポーのように、食事も性行為もほとんど出てこず、生命を維持する存在としての人間という視座がいっさい欠けているのなら話はわかりやすい。あるいは逆にヘンリー・ミラーのように、食事、性行為、排泄にまんべんなく言及し、ひたすら欲求の充足・不快の除去をいわば全方向的に図る人間という視点を提示するのもやはり明快である。だがカーヴァーの場合、性行為はめったに描かれず、むろんミラーやブコウスキーのように排泄も描かず、ひたすら食べること/食べないことに焦点が当てられているのである。

　この点については大まかな推測を示すことしかできないが、結局のところ、食べるという行為はカーヴァーにとって、人間関係の困難や微妙さを描くのにうってつけの営みであるとともに(誰かが単に一人で食べているというシーンはカーヴァーの場合あまり見当たらない)、それが一日三度行われるごく日常的な営みであるという点において特権的だったのではないか。小説内の特徴を伝記的事実に還元するつもりはないが、この推測の傍証として、ふたたび友人トバイアス・ウルフによる、カーヴァー自身いつも何かを口にしている人間だったという逸話を最後に引用しておこう。

レイといえばまず食欲のことが頭に浮かぶ（……）彼はいつでも何かを口にしていた。煙草を吸うか、酒を飲むか、何かを食べているかだ。とりわけワイルドだったある誕生パーティーで（そこでは、ふと気がつくと子供を持たないはずの女が誰かの赤ん坊に出もしない乳をやろうとしていた）、彼と彼の友人がそこにあったケーキをかっぱらって、外の車の中で二人で全部ぺろりとたいらげてしまった。誕生パーティーの主賓であった娘と私は研究室を同じくしていた。そして彼女はそのあと何週間もぶつぶつと愚痴をこぼしていた。なんといっても彼女は自分でパーティーを開いて、ケーキだって自分で買ったのだ。彼女はレイに対してひとこと文句を言いたいと思っていた。そのころは、いくつかのやむを得ない理由で（理由の一つは国税庁なのだが）、レイと連絡を取るのがむずかしい時期だった。しかし彼女はあるところで彼とばったり顔を合わせた。そしてこう言った、「あなたに話したいことがあるのよ。ケーキについてよ」

「話すことなんか何もないさ」とレイは彼女に言った。「もうケーキは食べちゃったもの」

（CW2　三一〇―一一）

注

1　トバイアス・ウルフ「レイモンド・カーヴァーのこと　彼はケーキを手にして、それを食べた」村上春樹訳、『愛について語るときに我々の語ること The Complete Works of Raymond Carver 2』中央公論新社、三〇九ページ。以下、村上訳カーヴァー全集からの引用は、本文中に（CW2　三〇九）というように巻とページを示す。

以後に引用する各巻の書名を挙げておく。

CW1『頼むから静かにしてくれ』

CW3『大聖堂』

CW4『ファイアズ（炎）』

CW6『象／滝への新しい小径』

2　余談だがこの歯並び矯正のエピソードは、テス・ギャラガー自身の体験に基づいている。『カーヴァー・カントリー』（中央公論新社）には、テスのかつてのすさまじい歯並びを伝える歯型の写真が収録されている。

3　批評の仕事としては、これをさらに一般化して、たとえば「（食事に限らず）何か象徴的な出来事が起きて、それによって何かが変わったように思えるのだが、確かなことはわからない」といった形で、カーヴァー作品全体に通底していそうな基本構造を抽出すべきかもしれない。だがこれについては、平石貴樹氏の次のような指摘において、すでに過不足なくなされているように思える。

「カーヴァーの場合、現実的な場面を書いていきながら、作者自身にもかならずしも理解しえないある『飛躍』に到達することによって物語のクライマックスをなす手法にみちびかれる場合が多い（かれはこれをフラナリー・オコナーから学んだと述べている）。ドライブ中に撥ねたキジ、友人宅のグロテスクな顔の赤ん坊、などのふとした出来事が、人物たちに人生の認識を、ぼんやりとではあるがかいま見せる。こうした『飛躍』を待ちながらカーヴァーは、またかれの読者は、じっくりと人物たちの一挙手一投足を観察しつづける。技術的に言えば、この種の『飛躍』は、あまりあからさまに意味ありげであっては嘘になるし、かといって唐突なばかりでは認識されるべき内容が読者に理解されない、という隘路の中にきわどく成立する。カーヴァー作品がしばしば難解であるのはこの点をめぐってである」(越川・柴田・沼野・野崎・野谷編『世界×現在×文学　作家ファイル』[国書刊行会]の「レイモンド・カーヴァー」の項、八四ページ)。

カーヴァー作品における啓示ならざる啓示、方向性なき飛翔の意義があざやかに言い当てられている。したがってここでは、屋上屋を架す愚を避け、より形而下的に、カーヴァー作品における「食べる」「食べない」ことの意義に固執する。

4 『アメリカ文学のレッスン』(講談社現代新書)三三―三七ページ。

5 カーヴァーとヘミングウェイの相違については、イギリスのアメリカ文学者グレアム・クラークが詳しく論じている。Graham Clarke, "Investing the Glimpse: Raymond Carver and the Syntax of Silence," in Graham Clarke, ed., *The New American Writing: Essays on American Literature Since 1970* (Visions Press/St. Martin's Press, 1990), pp. 99-122, esp. pp. 107-14.

＊引用／参考文献――

レイモンド・カーヴァー『The Complete Works of Raymond Carver』一〜七　村上春樹訳、中央公論新社。
Graham Clarke, ed., *The New American Writing: Essays on American Literature Since 1970*. Visions Press/St. Martin's Press, 1990.
越川・柴田・沼野・野崎・野谷編『世界×現在×文学　作家ファイル』国書刊行会。
柴田元幸『アメリカ文学のレッスン』講談社現代新書。

11

9・11／虹を越えて　ピンチョンからカーヴァーへ

千石英世

1

ＴＶで見たにすぎないけれども、あの旅客機は低空に弧を描きながらやわらかく突っ込んで行った。たしかにやわらかそうだった。

キリスト紀元第二一の世紀、第九の月、虹はついに青空に水平した。ジュラルミン色の虹だった。だが、金属バットも、腕を固めてダウン・スウィングする感覚で、すっと振りぬけば、ヘッドの軌跡は地上に水平し、リヴィングルームにジュラルミン色した弧を描く。これがニッポンの虹なのか！　このときニッポン・ベースボールにおけるバッティング技術はエディプスの凶器となる。缶詰も、中身が充実してそれなりに持ち重りがすれば、空中に弧を描いて飛んで行く。レイモンド・カーヴァーの小説の一場面、父子喧嘩の果てに激昂した息子が投げつけるあの缶詰のことだ。あれも弾道を描いて飛んで行った。そして父親の額に命中したのである。ただし、あれはアーチ状に室内をわたる虹以外ではなかったから、V2ロケットの飛行軌跡と変わらない。父親はその場に倒れ、絶命した。カーヴァーの短編は、ホーソンのように不吉、フラナリー・オコナーのように苛烈、そしてヘミングウェイのように透明に血走って、さらに暗く、しかも、ぬくもりと湿度を帯びてやわらかく、温血動物の広い背中にそなわる暗さなのだ。

カーヴァーについては、私は前世紀の世紀末に様々に書く機会があったので、もう書き尽くしたように思っていたのだが、思いすごしというものであった。

人がこぼれ落ちて来ます！　また落ちて来ます！　アメリカの給与生活者たちです！　ほら、あ、また！　何ごとか叫んでいるらしいのですが、音声がありません！　！　！　！ビル崩壊の噴煙に追われて歩行者たちが逃げ惑っております！

人が音もなく　！　になってTVのなかを落ちて行くのだ。その音のない　！　が生から死へわたって行く。その　！　の　！　の　！　一人一人がカーヴァーの登場人物たちに見えたような気がしたのでした。

数年前にアルトマン監督の映画「ショートカッツ」を鑑賞していたせいかもしれません。カリフォルニアの青い空が印象的な映画だった。カーヴァーの短編世界を映画化したということだったが、カーヴァーに、あの青空はない。カーヴァーの空はいつも鈍色《にびいろ》の曇天。しかるに、その青空が9・11、あの秋の青空と結びついたのでしょうか。

もう誰かが、いやもう誰もがいっていることだろうが、あの日TVのなかで起こっていたことの全体は、ピンチョン的なことであった。だが、同時にまた、カーヴァー的なことでもあったのではないか。ピンチョンの場合、媒体はTVではなく、映画ですが。

まさしくこの瞬間、暗く静まりかえったその映画の一齣において、秒速一マイル近くのスピードで永遠に音もなく落下するロケットの先端が、この古い映画館の屋根の上、最後の測定不可能の隙間に、最後のデルタTに到達する。（七六〇）

『重力の虹』は、到達最後の瞬間、すなわち、時間においては刹那だが、空間においては隙間であるデルタTが、ミニマルの極限に達しようとするとき、騒々しい歌声が上がり、その歌声のゆえにデルタTがひととき拡大され、時間においては無期延期へ、空間においては無限拡大へ、あわせてあわよくばいずれ両者を無限へ、あるいは逆無限へ、永遠化させようとするメガロマニアックな野心作といえます。でなければ、それを（到達を、あるいはデルタTを）、いまここに点として、沈黙の点として、歌の終わりに凝結する静けさと一致しようとする黙示録的作品といって良い。読者が本を閉じたその場所、その時、それが・その・いま・という固形の点となる。

あの日、世紀がゼロを超えた年の9・11、明るすぎるブラウン管のなかで起こったことは、デルタTを介してブラウン管の外へ音もなく到達しつづける　！　！　！　！

であれば、それはその「！」のそれぞれのデルタTの懸垂の問題だった。それは（その懸垂は）、固形の点にあってはカーヴァーふうのことだったのだ。給与生活者たちの死、しかし大量死だった。点の量的破壊であり殺戮だった。不法だ。文学はピンチョンの最後のページを通り抜け、カーヴァーの物語の一点へやわらかく吸い込まれて行く。不可逆性を帯びて。そして、崩れていった。


　カーヴァー*vs.*ピンチョンの文学世界は非対称というほかはない。ピンチョンに給与生活者の死は登場しない。にもかかわらず二つはミニマムとマクシマムが一点を介して相互に入れかわって点対称をなす双世界といえよう。庭の光がピンホール・カメラの点を通過して、押入れの壁に激突してきます。転倒した庭の光景が暗い壁に小さくカラーで塗り付けられる。激突直前、あるいは直後の世界がカーヴァーの小さな物語となる。時間と歴史の逆行を承知でいえばカーヴァーにおいては、そうなるだろう。カーヴァーのなかでアメリカはすでに点単位で小さく幾重にも崩壊していたということなのか。缶詰の弾道がＵＳＡの家庭内重力の鈍色の虹だった。

「天地創造のさいに、神は虚空にエネルギーのパルスを送り出した。虚空はやがて分岐し、一〇の圏ないし相に分かれた。それが一から一〇までの数に照応する。セフィロートと称するものだ。神のもとへと回帰するためには、おのおののセフィロートを一〇から一へと逆にたどって通り抜けなくてはならない。」（七五三）

9・11、テロリストたちは次々にあらわれる虹色のセフィロートを通りぬけて行った。引用はイスラエルの神秘主義を信奉する人物の科白として『重力の虹』に導入されているものだが、そのままアラブの神秘主義、いやアラブの原理主義のテロ慫慂とみなすことができる。「神のもとへと回帰するためには…一〇から一へと逆にたどって通り抜けなくてはならない。」一〇は世俗世界。一は神。テロリストの胸にカバラの訓えがあったということか。あるいはイスラエル神秘主義とアラブ神秘主義は同根ということか。あの日、かれらは〇の形をして迫り来る虹の輪を逆飛行で次々に通過して行ったのだ。

カーヴァーの不吉、カーヴァーの苛烈、カーヴァーの暗さ。それは、とどめなく萎縮崩壊して行くアメリカを映し出していて、ジョージ・ブッシュの軍国主義はこの萎縮崩壊の点対称として虚空にジュラルミン色のメガロマニアックな虹を描いている。その軍事的虹はピンホール・カメラにおける外の光の横溢のようにも錯覚されるが、現実*vs.*映像という位置関係はすでに逆転し終えて、現実はカーヴァーという暗箱の内部で転倒している。闇の奥、天地が正しく逆転して小さな光の絵の具に濡れている。ブッシュの軍拡政策はアメリカという妄想が吹きあげるメタリックな虹にすぎない。妄想の発動にフルメタルの妄想の虹で応える愚かなる騎士よ！

ＵＳＡのアーミィがアフガンの山々を絨毯爆撃したらしい。一人の首魁を罰するためにという。罰するなどできはしない。罰しうるのは第三項に位置を占める極小の他者のみである。だから、復讐するは涙にありというのか。ＴＶには映りの悪いアフガンの山並みの映像が流れ続けるのみで、続報はない。二〇〇二年一二月二二日現在、いまもない。あの山並みはもう存在しないのかもしれない。ＴＶに見入ってしまった者の記憶のつづきとして表題に思い至りました。

2

ピンチョンの『Ｖ.』には、ＮＡＴＯ（北大西洋条約機構）の加盟国地域というのか、北大西洋の両岸というべきか、いずれは西欧圏と呼ばれる地域に、ところ狭しとスパイが暗躍する、という妄想を追う人物が登場する。息子ステンシルのことだが、9・11のＴＶのなかでビルからこぼれ落ちる人影にカーヴァーの人物たちの面影を目撃し直したいと願うことは、翻ってそのまま、

『V.』の人物たちに、アラブのスパイ・テロリスト・密使たちの飛影を見たいと願うことにつながる。

『V.』も巻末あたり、ステンシルの科白のうちに言及される人物たちが、実は、非NATO文化圏から使わされた密使たちだったとしたら。のみならず、『V.』の人物たちが、名前こそ西欧ふうだが、実はすべて、使命を帯びたアラブ原理主義の面々なのだとしたら、いや、人物たちをそう読み替えたとしたらどうなる。そんな妄想に駆られること自体は、9・11以後、むしろ自然だ。

「V.というのは、神話省の治める偶然一致の国のことなんだ。その密使達は今世紀になって世界中の通りに出没している。ポルセピック、モンダウゲン、父ステンシル、あのメイストラル、息子ステンシルがそうだ。この中で誰が偶然の一致を生み出せるだろうか。神だけができるのだ。その偶然の符合が現実のものなら、ステンシルは歴史に遭遇したことは一度もなく、それよりもはるかに恐ろしいものを見てきたことになる。」(四二三)

アルカイダの密使たちも世界中のストリートに出没していたのだ。神がかりつつ。「偶然一致の国」の実現に向けて秘密工作していたのだ。

「偶然一致の国」は、原文では a country of coincidences。ならばこの原文は、別解として、「同時多発の国」と読まれぬだろうか。

辞書的にはそうもありえよう。

ならば、「神だけができる」→「同時多発」→「その同時多発が現実なら」→「私は歴史に遭遇したのではなく、ただそれよりもはるかに恐ろしいものに遭遇したことになる。」

引用最後の一文の別解はかくありえよう。9・11は歴史の一齣ではなかったのだ。歴史はその前にすでに終焉していた。キリスト紀元第二〇の世紀、その世紀末、NATO（北大西洋条約機構）に関わる地域においては、歴史はなぜか終焉していたのだ。フランシス・フクヤマなるジャパニーズ・アメリカンがたしかそんなふうにいっていた。

そして、『V.』は、V.をめぐって、同時多発的に起こるテキストを生成する小説だった。

3

9・11以来流布している「同時多発テロ」という日本語タームは何かの英語タームを訳したものなのだろうか。それとも日本国のメディアにのみ固有の発想でありタームなのだろうか。いずれにしても、この語には、偶然に、同時に、そしてなぜか多数、勃発しましたテロです、といったニュアンスが含まれるようで、例えば、simultaneous attacks from terrorists の attacks のニュアンスは落ちている。あるいは、simultaneous が「同時」を、attacks の複数の s が「多」を表していると解するべきなのだろうか。それならばそれで「発」の一字の行き場がない。

あるいは simultaneous breakouts of terrorism なる英語があったのかもしれない。これならば「同時多発テロ」という日本語と直訳的に対応する。だが、それでも「同時多発」という日本語タームには simultaneous breakouts という英語にはないところの「偶然」というニュアンスがある。忍び込んでいる。翻訳は言語Aと言語Bを隅々までぴたりと対応させることはない。

「同時多発テロ」なる日本語が「偶然同時に多数勃発しましたテロです」を含意するなら、そしてこれをその含意を汲んで逆翻訳するなら、coincident occurrences of terrorism などとなるのだろう。AをBに翻訳して、しかるのち、BをAに逆翻訳するとき、Bは元のAに、抜いた刀が元の鞘にもどるように戻るとは限らない。鞘に痞《つか》える擬似Aとならざるをえないこともある。翻訳もまた不可逆なのだ。

「同時攻撃 simultaneous attacks」が「偶然の出来事 coincident occurrences」に見えてしまう視座があるということなのだろう。「攻撃 attacks」がスクリーン一枚を隔てた別室では「出来事 occurrences」になり果てる。文化の翻訳においては起こるかもしれぬ現象だ。

運命予定説を担うともいうべきTVスクリーンを介せばそうなる。TVのなかにヤラセはない。

でなければ全てヤラセだ。むろんテロは「出来事 occurrences」ではないし、ハップニングではない。それはデザインであり、プロットである。策謀であり、工作である。それをハップニングとみなしうるとして、それをそうとみなしうる視座とは何か。それは、TVの前に座する神々の視座以外には考えられない。あのときTVの前には、私もいたのだが、別のTV受像機の前には、ビン・ラーディンもいたことであろう。これが神々の面子だ。どちらも「同時多発テロ」という語で画面を見ていたのである。どちらも運命予定説を信じていた。ただし神々の意思ははかりがたく、しかもことは予め決まっているので、これを、一方は意識的に、神学的に、一方は無意識的に、またメディア的に信じようとしたのだ。何しろぼくたち、私たちの国では歴史は終焉していたのだ。メディアが神学なのだ。ビート・キヨシが最高神なのだ。

4

文中の人称代名詞の指示するものを文中に見出せない。指示の対応が崩れている。そうして、むしろ指示関係の同時多発化をはかっている。これはスパイのディスコースともいうべき話し方だが、この手法を使うのが、『V.』である。

右に引いた箇所の数行あと、指示関係は作者のプロットにより混沌化され、同時多発化される。

注意すべきは、作中人物ステンシルは自身をいうとき、「私・I」とはいわないということだ。弱年の子供のように、「ステンシルは…」という。あるいは北米合衆国第二代大統領の孫のように自名自称して、かえって他者としていう。自身は、そのゆえに、三人称単数heで受けられる。以下の例では指示代名詞はもちろんのこと、略称も、いや固有名詞までもが、指示関係を曖昧化され、ゆえに指示関係が同時多発化する。あれを指すのかこれを指すのか、いや、あれも指しこれも指して、作中人物そのものが、その同時多発的な多義性にとまどいを示し、指示関係を曲解することになる。そうして、『V.』においては、V.なる文字が同時多発的多義性を極限まで帯びるに至るのである。

"Don't wake *her*," Maijstral said. "Poor child. I'd never seen her cry."
"Nor have you seen Stencil cry," said Stencil, "but you may. *Ex-priest. He* has a soul possessed by *the devil* sleeping in *his* bed."
"*Profain?*" In an attempt at good humor: "We must get to *Father A.*, *he*'s a frustrated exorcist, always complaining about the lack of excitement."
"Aren't you a frustrated exorcist?"
Maijstral frowned. "That's *another Maijstral*."

"*She* possessed *him*," Stencil whispered. "*V.*"
"You are as sick."
"*Please.*"（四二四）

ステンシルとメイストラルが語り合っている場面だが、イタリックにして引用した部分の指示関係、あるいは指示内容の同定に読者としてとまどいを覚える箇所である。人物一組が指示代名詞を相互に曲解しあい、あるいはときどき正解しあい、シェイクスピア喜劇さながらに間違いの喜劇を演じているとも、スパイ二人の会話はこんなにも用心深いものとも解される場面なのだが、これは果たして文脈を追う上でとまどうのであるのか、物語のプロットを追う上でとまどうのか、小説の最終到達点の行方を追うのにとまどうのか、とまどいのレヴェルを問わずとまどうことになる。ピンチョンも、人物たちも、いわばヘミングウェイ流に氷山の一角だけを発話しているのだ。むろん一義的な指示関係をひととき仮定することは必ずしも不可能ではないだろう。さもなくば翻訳は不可能となる。ピンチョン作品の翻訳はどれも苦心の作といえるし、引用するに値するだろう。

「あの娘を起こさないでください」とメイストラルは言った。「かわいそうに、あの娘があんなふうに泣いたのを見たことがない。」

「ステンシルが泣くのもご覧になったことはないでしょう」とステンシル。「でもご覧になるかもしれません。もと神父様。彼はベッドで眠っていますが魂は悪魔にとりつかれているのです。」

「プロフェインのことですか」と、陽気になろうとつとめて「私どもは神父のところへ行かねばなりません。あの人は欲求不満の祈禱師《エクソシスト》で、刺激がないといつもこぼしているのです。」

「あなたがその欲求不満の祈禱師《エクソシスト》じゃないのですか。」

メイストラルはまゆをひそめた。「それは別のメイストラルのことです。」

「彼にとりついているのです」と、ステンシルはささやいた。「V.が。」

「あなたも病んでいらっしゃる。」

「よしてください。」（四二四）

しかし、このように作中人物自身がとまどいを見せているかぎり、読者もとまどう。あの娘sheがパオラを指すのなら、いつパオラは父メイストラルのもとにきたのか。使われる代名詞の指示関係を一概に同定しかねるのだ。とくに「プロフェインのことですか？」の科白の前後にそれが集中して現れている。ベッドで寝ているのがプロフェインなのか、魂にとりついている悪魔がプロフェインなのか、そしてとりつかれているのはステンシルなのか。それとも、もと神父なのか。あるいはまた、引用文後半、V．がとりついているという「彼」とはステンシルを指すのか、もう一人のメイストラルを指すのか。「もう一人のメイストラル」とは、メイストラルⅠからメイストラルⅢのうちのどのメイストラルなのか。既訳は合理的な判断のうえに成立していて、引用者にいま別解の準備があるわけではないのだけれども、しかし右の一節において指示関係が動揺を繰り返しているといわずにすますことはむずかしい。

西欧における representation の危機とはこの representative noun の動揺をいうのでなければならない。代名詞のみならず固有名詞さえもが、あれも指しこれも指す可能性を帯びて、ついに表象不能、代行困難に陥る。シニアとジュニアと同名の人物も登場して、いずれを指すのか不明となることもある。代（わる）名詞と（代わられる）名詞との連絡が途絶するのだ。連絡がつかない。シニフィエの不在。表象の不全。にもかかわらずV．の文字一つが表象不能の表象としてテキストに君臨する。右の人物二人が語り合っているのはそのこと以外ではない。representation の無限連鎖にとりつかれている二人だ。二重スパイとは、権能の代行を代行するもののことであった。そして無限連鎖にまき込まれて行く。

引用末尾「それは別のメイストラルのことです」もヘミングウェイ的氷山の一角を表すにすぎない。ゆえに原文の水面下にあえて別解をさぐれば、「その別のメイストラルが私ステンシルにとりついたのです。別のメイストラルとは、V.、あなたのことです」も可能となろう。このときステンシルは「別のメイストラル」をshe女性代名詞で捉えていることになる。ならばPleaseは求愛の囁きともなりえよう。となると、「あなたも病んでいる」とは、あなたは倒錯的だという意味になるかもしれない。

相手は求愛の囁きを避けて、バルコニーに出たのだ。右の引用の最終行を重複させて引用を続けよう。

"You are as sick."

"Please."

Maijstral opened the window and stepped out on the balcony. Valletta by nightlight looked totally uninhabited. "No," Maijstral said, "You wouldn't get what you wanted. What—if it were your world—would be necessary. One would have to exorcise the city, the Island, every ship's crew on that Mediterranean. The continent, the world. Or the western part," as an afterthought. "We are western men." (四二四)

欲していたものを手に入れることはないでしょうとは、つれない言葉だが、続けて相手は西欧を悪魔払いしなければならぬという。「悪魔払い」は、「欲求不満のエクソシスト」という文脈に連なって無理なく出てくる言葉だが、それをいう自分たちは西欧の人間だというのである。いや、西欧の男性だという。結婚しない男性たち、結婚しないのに Father である人たち。カトリックの神父たち。元神父は結婚してしまったのだ。イエス・キリストと結婚していたにもかかわらず、娘パオラの father となってしまった。

西欧を悪魔払いするとは、representation の魔を払うということだ。representative noun を廃棄するということだ。なにも代名詞化しない、なにも略称化しない、つまりステンシルを一人称単数代名詞で代行しないということだ。だからステンシルは自分のことをステンシルは……という。一方、なにごとかを、あるいは、なにものかを、V. で代行して表象するとは、表象の不可能、あるいは表象の同時多発を、representation の迷宮として認知することを意味する。しかし、ステンシルを一人称単数代名詞で代行せず、その固有名で呼ぶとき、かれは父を代行してしまうのだ。同名の父子だったからである。そして娘パオラが「もう一人のメイストラル」であるとき、娘が父を反復してしまうのだ。父の名を反復してしまう。

そんなステンシルが V. を she で代行するのは英語という言語の逆説というはほかない。he でなければ she しかないというのだ。英語では、文法における人称《パースン》と表象における人格《パースン》が person なる一語に癒着している。いや神学における位格《パースン》にまで癒着している。英語では V. is V. なる文は、何ごとか意味あることをいったことにはならない。"is"は差異製造自動機械であるほかないのだ。representation の魔は"is"に内蔵されていたのである。ゆえに"is"を廃棄せよ。

そしてメイストラルはそのように語った。As you see: the "is"—unconsciously we've drifted into the past.(二八七)

5

表象の同時多発は、ピンチョンにおいて、昏迷と解体を作品に具現した。これは、ピンチョンはヤヤコシイということ以外のことではないが、一方のカーヴァーも同じ表象の同時多発を描写して、しかし、かれは平易簡潔にして苛烈、そして、ときに叙情性のかげを帯びるをも辞さない。物語は深い不吉を孕むにいたる。物語に宥和と悔恨の温《ぬく》い暗がりが招来される。暗いということが温いので忌むべきことでなくなる。

西欧における representation の危機は、代名詞のみならず固有名詞さえもが、エントロピーを帯びて、あれも指しこれも指し、結果、ついに表象不能、代行困難に陥るということだった。究極のシニフィエの不在が暴露されるということだった。

だが、これはじつはめでたいことではないのか。

カーヴァーにもシニアとジュニア、同名の人物が登場して、その名がいずれを指すのか不分明となるエピソードを扱った作品がある。不分明とは、一面、暗く見分けがたく湿度を帯びてあたたかく融合しているということでもあったのだ。

その名レイモンドが父のファースト・ネームでもあり、子のそれでもあるがゆえに、つまりシニアとジュニアのいずれをも指示するゆえに、そしてそれをわれひとともに不吉にも取り違えるゆえに、死者への深い追悼の意の表象となる例を、「父の肖像」なるエッセイに描いている。ここでは同時多発的多義性は、厭わしいことではなく、父と子の和解を導く契機にほかならない。そしてその和解は死を介するゆえに、いわば、この世に幽霊の存在を認める立場となるのである。レイモンドなる名が死者を呼び出すのだ。ハムレットの父の名もハムレットだった。

幽霊を認めるならば、ひとは霊をも認めるであろう。霊を認めるならば、ひとは神をも認めるであろう。神を認めるならば、ひとは神話をも認めるであろう。神話を認めるならば、ひとはcoincidencesをも認めるであろう。coincidencesとは偶然のことだ。「この中で誰が偶然の一致を生み出せるだろうか。神だけができるのだ」とされる偶然の一致のことだ。

カーヴァーにおいては、偶然が重要な要素であるらしいとは、すでに様々に書いたので、ここに繰り返すことはしないが、カーヴァーもまた「神話省の治める偶然一致の国」、いや「同時多発の国」の住人であったということだ。

ピンチョンとはだれか。死んだカーヴァーである。そうこたえても、もうだれも驚かない。

6

カーヴァーに登場する給与生活者は低所得者層の人々であって、決してNYシティーのエリートビジネスマンたちではない。白人たちではあるが、WASP的ではない人々である。作者の英語も人物たちの使う英語も強くイディオマティックで、つまり、いわば口跡が直裁、ときには野卑にわたり、土俗的・土着的ともいえる言葉遣いなのだ。都市的・WASP的洗練の逆である。しかもカーヴァーは宗教的な作風である。カーヴァーはおとずれを書く作家だ。良きおとずれも悪しきおとずれも書く。おとずれがもたらす救いと崩壊を書く作家なのだ。それが偶然を書く作家という意味でもあるが、カトリック系の作家に近い作風ともいえよう。あるいはその宗旨はカトリックなのかもしれない。それは措いて、いずれにしてもカーヴァーはフラナリー・オコナーの系譜に連なる作家といえよう。実際、物語の幾つかは訪問したり、訪問されたりの話であって、そうでない場合も、訪問が物語の重要なターニング・ポイントになることが少なくない。

「収集」という短編がある。原題はCollectorsと複数形だ。なぜ複数なのか、読了後、その理由を考え込んでしまうところだが、これはまさしく訪問《おとずれ》の物語といえよう。

郵便配達夫の足音、その音擦《おとず》れを窓際で待つ失業者の男の話だ。男は、車を持たず、電話を引く金もないらしい。差し押さえの憂き目にあったのかもしれない。そして内容は明かされないが、「北の方から報せ」が届くのを待っているという。家のなかはがらんとしている。床板がきしみを立てるような粗末な家である。しかし、カーペットは敷いている。安物だ。男が自分で安物を買ってきて敷いたといっている。女房にみぐるみはがれて逃げられた男であろうか。

そこにカーペット洗いの業者らしき男があらわれる。訪問販売ではないです、奥さんが当店の懸賞に当選したので、室内清掃とカーペット・シャンプーのサービスに来たんですという。さらに、奥さんの姿は見えないようだが、あんたはご亭主かなと問うが、失業中の男は言葉を濁すのみ。だから、読者にもそこのところは分からない。又借り《サブレット》か何かで、この家をしばし借りている仮住まいの人物であって、業者のいう「奥さん」とは赤の他人かもしれない。そこで業者は構わず掃除を始める。

しかし、「報せ」、つまり郵便物は失業中のこの男宛てにはくるらしい。アメリカの郵便は番地と家屋番号だけでも配達されるので、宛名に固有名は、なくても構わない。

清掃中に手紙が届く。玄関扉の郵便受けからぽとりと床に落ちたのだ。掃除人が拾い上げ、この家の奥さんのご亭主宛てだねと宛名を読み上げてそのままポケットに仕舞い込む。あんた宛てではないようだからこっちでしかるべく処理しといてあげましょうというのだ。失業中の男はとまどいながらも首肯する。

これでCollectorsとなぜ複数なのだろう。だれがcollectorなのか。郵便をポケットに仕舞い込んだ掃除人か。ならば単数だ。掃除人の使う真空掃除機もごみを収集するから、collectorだと解すれば複数形となる。

掃除人は詩人肌の男でベッドのマットレスに掃除機をかけながらこう言い放つ。


私たちの人生において、私たちは毎日毎晩、体の一部をちょっとずつ落していくんです。ひとかけら、またひとかけらとね。それらは、そういった私たち自身の細かな断片はいったいどこに行くのでしょうか。シーツを抜けて、マットレスの中に入ってしまうんです。

（九一、村上春樹訳）


そして真空掃除機へ。掃除機が「私たち自身の細かな断片」を収集して行く。この訪問者とかれが携える真空機械が何か黒々とした象徴性を帯びてくるのは明らかだろう。訪問者はこの場面の直前にも飲み水とちょっとした薬を所望した。失業中の男はささやかな苦言を呟きつつ所望に応えた。ちなみに失業中の男は常備薬のありかを心得ているので、単なる仮住まいの人物ではないようだが、それは今は措いて、その場面を引いてみよう。

僕は台所に行ってカップを一つ洗い、瓶からアスピリンを二錠振って出した。

ほら、僕は言った。これを飲んだら出て行ってくださいよね。

あなたはミセス・スレイターのかわりに口をきいておられるのかな？　彼は口から腹立たしげな音を出した。

この家の奥さんのご亭主でもなさそうなあなたが、この家の奥さんの代わりに口をきいておられるのかな、そう問われて「僕」は、へこむ。消え入らんばかりとなる。いや消えるのだ。物語の核心は、このへこみにある。なにものかを代行できぬことの侘しさ。なにかのための代行者たりえぬものは、自分を失うのだ。「僕」は手紙の宛名を確かめることをしなかった。この家のご亭主宛てだといわれて、黙った。それは僕だといわなかった。また「僕」宛てでないことも確かめなかった。そのとき、「僕」はそこになかった。

Collectorsは、「僕」以外のすべてを真空の奥へ収集して去って行く。一つのへこみである「僕」は、取り残される。そのとき「僕」はもう「断片」ですらなくなる。「私たちの断片」とは皮膚殻や抜け毛や脂肪粒のこと、正しくは細かなごみであるが、「僕」はこのときごみですらなくなるのだ。かれは一人のウエィクフィールドといって良い。一人のへこみである。

妻の許を去り、秘密のうちにその妻を二〇年間も見張り続けた男ウェイクフィールドを、ホーソンはその奇行を捉えて「宇宙の浮浪者」と読んだ。

なにものかを代行しえぬゆえに、Collectors に取り残された名前のない失業者たる「僕」は、すぐにもこの家を出て行くつもりだという。むろんさ迷い出て行くのだ。宇宙の浮浪者として。

世界は空家となる。

＊引用／参考文献――

Thomas Pynchon, *V.*, Bantam, 1973.

――, *Gravity's Rainbow*, Viking Compass, 1973.

トマス・ピンチョン、三宅卓雄、伊藤貞基、中川ゆきこ、広瀬英一、中村紘一訳、『V.』国書刊行会、一九七九年。

――、越川芳明、上野達郎、佐伯泰樹、幡山秀明訳、『重力の虹』国書刊行会、一九九三年。

レイモンド・カーヴァー、『ぼくが電話をかけている場所』講談社英語文庫、一九八九年。

――、『愛について語るときに我々の語ること』講談社英語文庫、一九九四年。

――、村上春樹訳『Carver's Dozen ――レイモンド・カーヴァー傑作選』中公文庫、一九九七年。

拙著『アイロンをかける青年――村上春樹とアメリカ』彩流社、一九九一年。

レイモンド・カーヴァー年表

〈GRAVYそのもの〉だった50年の軌跡と〈ささやかだけれど、役にたつ〉エピソード

編／深谷素子

1938

5月25日、レイモンド・クリーヴィー・カーヴァー・ジュニアは、母エラ・ビアトリス・ケーシーと父クリーヴィー・レイモンド・カーヴァーの長男として、コロンビア川の畔にある製材所の町、オレゴン州クラッツカニーに生まれる。父親は鋸の目立て職人、母親はウェイトレスや小売店の店員などをしていた。毎日、母親は神経を静める薬を、父親はウィスキーを飲んでいたという。

1941

カーヴァー一家、ワシントン州ヤキマに移る。この頃の一家については、エッセイ「父の肖像」“My Father's Life”に詳しい。この頃住んでいた家ではトイレが外についていた。

1943

8月5日、弟ジェイムズ・カーヴァー生まれる。カーヴァーの唯一の兄弟である。

▼幼い頃、カーヴァーは父親によく物語を語り聞かせてもらったという。カーヴァーの曾祖父が南北戦争に行った話（南部が負けそうになるや北部に乗り換えたという）や、父親が読んでいた人気作家ゼイン・グレイのウェスタン物だった。この体験が物を書き出すきっかけになったのではないかとカーヴァーは語っている。家には本と呼べるものはなく、週に一回、図書館に行っては面白そうな本を漁って読んでいた。その後、釣りについて書いた文章をアウトドア雑誌に初めて投稿。これは送り返されてきたものの、母親以外の人間が読んでくれたことに満足する。

▼子供の頃、家で父親が間違って発音していた言葉をそのまま覚え、周りの子供たちに笑われたことがあった。正しい言葉へのこだわりは、ここから生まれたのかもしれないとカーヴァーは語っている。

1955

6月、カーヴァーの母親が働くドーナツショップで、後に妻となるマリアン・バークと出会う。カーヴァーは一七歳、マリアンは一五歳だった。

▼この頃、カーヴァーは、パーマー創作講座という通信教育講座に登録し、文章を習い始めていた。が、すぐに飽きてしまい、全額費用だけを払って修了証書を手にしたという。ＳＦ小説なども書いていた。

▼学校時代の友人の話では、一緒に通信講座の課題をやっていた時、カーヴァーに見せてもらった文章がお粗末で、「これは物にはなるまい」と思ったという。
▼カーヴァーは、周りが皆エルヴィス・プレスリーに夢中になっている時に、ジャズやブルースを好んで聞く少数派の一人だった。

1956

6月、ヤキマ・ハイスクールを卒業。一家の中でハイスクールを卒業したのは、カーヴァーが初めてだった。が、決して優等生とは言えず、国語の成績はDだった。父親の働くカリフォルニア州チエスターの製材所に、母親と共に移る。この頃既に父親のアルコール依存症は始まっていた。マリアンが大学に行くよう勧めるが、カーヴァーは車やレコードプレーヤーを買うお金が欲しかったため働くことを選ぶ。父親と同じ製材所で働き始める。**11月**、マリアンの待つヤキマに単身戻る。
▼五〇年代のテレビ番組でカーヴァーのお気に入りは、「ザ・ミリオネア」(出場者が簡単なクイズに答えていくことで高額の賞金を手に出来るクイズ番組)だった。

1957

1月、映画『キング・ソロモン』(*King Solomon's Mines*/五〇年、コンプトン・ベネット、アンドリュー・マートン監督)に影響され、ダイアモンドを掘り当てようとアマゾンを目指して友人たちと車で出かけるが、メキシコまで行って帰ってくる。たった三週間の冒険旅行だった。マリアンの話では、カーヴァーはこの映画を一四回も見ていたという。**2月**、父親が、アルコール中毒悪化のため精神科の治療を受けることになる。**6月7日**、一六歳だったマリアン・バークとヤキマで結婚。薬局の配達員として働くカーヴァーは一九歳。マリアンは妊娠していた。**秋**、ヤキマ・コミュニティ・カレッジに通い始める。**12月2日**、長女クリスティン・ラレイ生まれる。

▼学校時代の友人の一人は、カーヴァーの若い結婚について、「自分は兵役につくことで町を逃げ出したが、結婚も現状打開の一つの方法だった」と語っている。

▼結婚前、マリアンは大学進学のための女子予備学校に通っていた。彼女が学校からの課題の本を探すのに付き合って図書館を訪れたカーヴァーは、この時初めてトルストイやフローベール、チェーホフといった作家の名を知る。

1958

8月、マリアンと娘、マリアンの家族と共にカリフォルニア州パラダイスに移る。マリアンの母親が同地に教職を得、家も購入したことによるもの。パラダイス近郊のチコ州立大学に定時制の学生として入学。**10月17日**、長男ヴァンス・リンジー生まれる。**10月31日**、「知性はどこに?」“*Where Is Intellect?*”と題された文章がチコ州立大学発行の雑誌『山猫』*Wildcat* に掲載される。カーヴァーの文章が初めて活字となった。

1959
6月、カリフォルニア州チコに移る。**秋**、ジョン・ガードナーの担当する「創作講座一〇一」という講義を取る。恩師ジョン・ガードナーについては、エッセイ「ジョン・ガードナー、教師としての作家」"*John Gardner: The Writer as Teacher*"に詳しい。

1960
春学期中に、チコ州立大学初の文学雑誌『選集』*Selection*を創刊、創刊号の編集を担当する（第三号まで発行された）。**6月**、家族と共にカリフォルニア州ユウリーカに移る。ジョージア・パシフィック製材所で働き始める。**秋**、アーケイタ近郊のフンボルト州立大学に移籍、リチャード・C・デイ教授の講義を受け始める。
▼『選集』創刊号に掲載するため、カーヴァーは敬愛する詩人ウィリアム・カーロス・ウィリアムズに詩を投稿してくれるよう手紙で頼み、ウィリアムズは「ゴシップ」"The Gossips"という詩を送ってくれた。この詩は『ブリューゲルの絵　その他の詩』*Pictures from Brueghel*というウィリアムズの詩集に収められている。

1961
短編「怒りの季節」"The Furious Seasons"が『選集』第二号（一九六〇-六一冬号）に掲載され、

創作が初めて活字となる。二つ目の短編「父親」"The Father"が、フンボルト州立大学の文学雑誌『トイヨン』*Toyon* の春号に掲載される。**6月**、一家はカリフォルニア州アーケイタに移る。

1962

5月11日、最初の戯曲『カーネーション』*Carnations* がフンボルト州立大学で上演される。クライマックスシーンでは、主人公が皿を割り、部屋をめちゃくちゃにし、果てはセットの壁を壊してしまうという派手な演出をしたという。「真鍮の輪っか」"The Brass Ring"という詩が『ターゲット』*Targets* 九月号に掲載され、詩が初めて活字となる。当時、カーヴァーの憧れだったチャールズ・ブコウスキーの詩も同じ号に掲載されていた。

▼当時、カーヴァーは、フンボルトでは珍しいアンチ・ヴェトナム派だったという。

1963

2月、フンボルト州立大学から文学の学士号を取得。**春学期中**、『トイヨン』の編集を担当。カーヴァーの名で、「ポセイドンと仲間」"Poseidon and Company"と「髪の毛」"The Hair"を掲載。また、ジョン・ヴェイルというペンネームで、ヘミングウェイを風刺した短編「アフィシオナード」"The Aficionados"と、詩「紀元前四八〇年の春」"Spring, 480 B.C."を掲載。アイオワ創作ワークショップで一年間勉強するための奨学金五〇〇ドルを得る。同ワークショップ出身のリチャード・デイの推薦によるもの。**夏**、バークレーのカリフォルニア大学図書館で働く。**秋**、一家はアイオワ州アイオワ・シティに移る。『ディセンバー』*December* 秋号に、書き直した「怒りの季節」が掲載され、『ベスト・アメリカン・ショート・ストーリーズ一九六四』*The Best American Short Stories 1964* で、「一九六三年中にアメリカ、カナダの雑誌に掲載された傑作短編」の一つに選ばれる。**冬**、短編「パストラル」"Pastoral"（後に「キャビン」"The Cabin" と改題）が『ウェスタン・ヒューマニティーズ・レヴュー』*Western Humanities Review* に掲載される。インタヴューで、最初に活字になった短編は何かと尋ねられた時、カーヴァーは「怒りの季節」ではなく「パストラル」と答えている。

▼この頃執筆活動は充実しており、「六〇エーカー」"Sixty Acres"、「学生の妻」"The Student's Wife"、「頼むから静かにしてくれ」"Will You Please Be Quiet, Please?" はアイオワで書かれた。だが、生活は苦しかった。マリアンは、創作ワークショップから次の年の奨学金をもらうにふさわしいのはカーヴァーだと主張すべく奔走し、実際に奨学金を勝ち取った。が、マリアンの父の死により一家はサクラメントに戻ることとなり、結局カーヴァーはワークショップには残らなかった。

▼この年の三月に、ウィリアム・カーロス・ウィリアムズ死去。カーヴァーは、午前二時にリチャード・デイをカフェに呼び出し、偉大な詩人をこんなにも早く失ったショックをぶつけたという。

1964

6月、一家はカリフォルニアに戻り、カーヴァーの両親の住むサクラメントに落ち着く。カリフォルニアに戻るきっかけとなったのはマリアンの父親の死だったが、一カ所にじっとしていられないカーヴァーの性癖もあったらしい。昼間の守衛としてマーシー病院で働き始め、一年後には夜間の守衛に回る。この年、カーヴァーの父親がカリフォルニア州クラマスの製材所で働き始める。

▼六四年から六六年頃にかけて、カーヴァーは職を転々とする。デパートで倉庫係の仕事を見つけたものの、クッキーを盗んだという濡れ衣を着せられて解雇されるという屈辱的な出来事もあった。一方、この頃の経験が多くの作品の題材として使われている。例えば、管理人の仕事を得て、プール付きのアパートに住んだ経験から「轡」"The Bridle"のアイディアを得たり、ミッチーという白い犬を飼ったことが、「ジェリーとモリーとサム」"Jerry and Molly and Sam"に生かされたり、娘のクリスティンの交通事故が「風呂」"The Bath"（後に、"A Small, Good Thing"と改題）の素材となったりしている。

1965

1月、マリアンが、ペアレンツ・マガジン文化研究所サクラメント支部長の仕事を得る。生活は豊かになったが、マリアンの仕事にカーヴァーが嫉妬したため、やむなく辞めることとなる。

▼母親が外で働き、父親が家で家政婦の手を借りながら子供の面倒を見るというこの頃の生活

を基に、「熱」"Fever"や「何か用かい？」"What Is It?"（後に「この走行距離は本当なのかい？」"Are These Actual Miles?"に改題）が書かれたとクリスティンは語っている。

1966

秋、サクラメント州立大学で、デニス・シュミッツ担当の詩作ワークショップに参加。

1967

春、カーヴァー一家は破産を申請。**6月17日**、カーヴァーの父親が亡くなる。夜遅く製材所から戻ってベッドに入り、朝になったら死んでいたという。カーヴァーは、図書館司書の資格を取るべくアイオワで図書館学の修士課程に入っていたが、父の死をきっかけに断念。**7月31日**、カリフォルニア州パロ・アルトの科学研究調査協会（SRA）に、教科書編集担当として採用される。**8月**、一家はパロ・アルトに移る。ここで、後にカーヴァーの編集者となるゴードン・リッシュと出会う。短編「頼むから静かにしてくれ」"Will You Please Be Quiet, Please?"が、マーサ・フォーリーにより、『ベスト・アメリカン・ショート・ストーリーズ一九六七』に選ばれる。この短編のタイトルは、ヘミングウェイの「白い象のような山なみ」"Hills Like White Elephants"の中で、少女が口にする"Will you please please please please please please please be quiet"という言葉から取ったものではないかと、カーヴァーの伝記作家サム・ハルパートは推測している。

1968

春、カーヴァーにとって初めての単行本となる詩集『クラマス川近くで』*Near Klamath* を、サクラメント州立大学英文学会から出版。サンノゼ州立大学在学中のマリアンが、テルアヴィヴ大学に一年間留学するための奨学金を得たので、カーヴァーはＳＲＡを一年間休職。**6月**、一家はイスラエルに移住。カーヴァーはすぐにアメリカが恋しくなり、マーク・トウェインの『ミシシッピー河での生活』*Life on the Mississippi* を手に取っては、帰りたがっていたという。四ヶ月で帰国を決める。ヨーロッパを旅行した後、**10月**、カリフォルニアに戻る。**11月**から四ヶ月ほど、ハリウッドに住む親類の家に身を寄せ、カーヴァーは映画のパンフレット売りをする。

1969

2月、ＳＲＡに広報担当主任として復職。一家はカリフォルニア州サンノゼに移る。

1970

芸術新人発掘賞の詩作部門で国家助成金を獲得する。**春**、シアトルのオリンピックホテルでウィリアム・キトリッジと知り合い意気投合する。キトリッジとの交友については、キトリッジ著「不死身なるもの」"Bulletproof" に詳しい。**6月**、マリアンが国語教師としての職を得たので、一家はカリフォルニア州サニーヴェイルに移る。短編「六〇エーカー」"Sixty Acres" が、『同人誌小説べストセレクション一九七〇』*The Best Little Magazine Fiction, 1970* に選ばれる。詩集『冬の不眠症』*Winter Insomnia* をカヤック出版から出す。これが一般向けに出版された最初の単行本となる。

9月25日、ＳＲＡを解雇される。カーヴァー自身、辞めようと考え辞表を書いていたところだった。解雇手当と失業手当のお陰で、一年間創作に没頭。

▼この頃、集中して行った仕事が短編集『頼むから静かにしてくれ』*Will You Please Be Quiet, Please?* となって結実する。毎日机に向かい着実に真剣に執筆を行うようにしたことで「やれる」という感覚をつかんだ、とカーヴァーは語っている。

1971

春、サンフランシスコ財団より、年に一回行われるジョゼフ・ヘンリー・ジャクソン賞の選外佳作・特別推奨賞を贈られる。『エスクァイア』*Esquire* の編集者となったゴードン・リッシュが、同誌六月号に、短編「隣人」"Neighbors" を掲載する。カリフォルニア大学サンタクルーズ校から、創作学科の客員講師として招かれる（一九七一‐七二年）。**8月**、一家はカリフォルニア州ベン・ロモンドに移る。短編「でぶ」"Fat" が、『ハーパーズ・バザー』*Harper's Bazaar* 九月号に掲載される。短編「夜の外出」"A Night Out"（後に「合図をしたら」"Signals" と改題）が、『同人誌小説ベストセレクション一九七一』に選ばれる。サンタクルーズ校では、雑誌『クォーリー』*Quarry*（現在の『クォーリー・ウェスト』*Quarry West*）の創刊顧問編集委員となる。

▼この頃から、次第にカーヴァーは酒に溺れるようになっていく。カーヴァーは、「自分のため、書くことのため、妻や子供のためにに人生で最も望んでいたことが実現することはないのだと気づいてから、ひどく飲み始めた」と語っている。

1972

スタンフォード大学から、ウォレス・E・ステグナー奨学金を受ける（一九七二-七三年）。同時に、カリフォルニア大学バークレー校からも、創作学科の客員講師として招かれる。**7月**、一家はカリフォルニア州クパティーノに家を買う。

▼アルコール中毒の症状がはっきりと現れてくる。家族内ではけんかが絶えなかった。

1973

アイオワ創作ワークショップの客員講師に迎えられ（一九七三-七四年）、単身アイオワ・シティに移る。同僚にジョン・チーヴァーがおり、よく一緒に飲んでいた。短編「何か用かい？」"What Is It?"が、O・ヘンリー賞の受賞作品年鑑『プライズ・ストーリーズ一九七三』*Prize Stories 1973* に選ばれる。詩五編が、『アメリカ詩の新しい声』*New Voices in American Poetry* に収録される。

▼この頃、カーヴァーは、アイオワでフルタイムの講師をしながら、毎週金曜日にサンタクルーズでも講座を受け持っていた。このため、アイオワ・シティとサンタクルーズの間を週に

一回飛行機で往復していた。機内誌にエッセイを書くと嘘の約束をし、チケットを無料にしてもらったらしい。どちらの学校にも掛け持ちしていることは伝えていなかった。アイオワからすっかり酔っ払ってやってくるため、サンタクルーズでの授業は休講が多く、友人たちが代わりに休講掲示を出したり、授業を代行したこともあったが、遂に掛け持ちの事実を知ったサンタクルーズ校に解雇された。しかし、当時の教え子の一人は、カーヴァーについて、控えめながら辛抱強く励ましを与えてくれる禅僧のような教師だったと回想している。

▼カーヴァーは授業中でも小さな声で話すため、学生たちは、話を聞き取るために前に身を乗り出さなければならなかったという。

▼この頃、娘のクリスティンが家を出て、母方の叔母エイミーと暮らし始める。

▼この年、チャールズ・ブコウスキーがサンタクルーズ校で朗読会を行った際、彼とホスト役のカーヴァーとの間にちょっとしたトラブルが生じた。詳しくは、モートン・マーカス著「我らのアメリカの悪夢」"All-American Nightmares" 参照のこと。カーヴァーは酒浸りのブコウスキーに未来の自分の姿を見ていたのではないかと、マーカスは書いている。

1974

カリフォルニア大学サンタバーバラ校の客員講師に迎えられ（一九七四-七五年）、同校の文学雑誌『スペクトラム』*Spectrum* の顧問編集委員に任命されるが、**12月**、アルコール依存症と家庭問題のため退職を余儀なくされる。一家は二度目の破産を申請。**8月**、短編「他人の身になってみること」"Put Yourself in My Shoes" が、キャプラ出版ブックレットとして出版され、『プライズ・ストーリーズ一九七四』に選ばれる。定職のないまま、カリフォルニア州クパティーノに戻る。その後二年間、そこで家族と共に暮らす。創作活動は進まなかった。

▼この頃、両親の許に戻っていた娘のクリスティンは、二週間の間に二度も両親を拘置所に迎えに行ったという。また、外食中、酔ったカーヴァーに罵倒され店を飛び出したクリスティンが、警察に保護されるという事件もあった。クリスティンの話では、両親とも酔っていて店での出来事はほとんど覚えていなかったという。この一件をきっかけに、クリスティンは自立を宣言、祖母の家で暮らしながら自力で学校を卒業する。

1975

短編「あなたお医者さま?」"Are You a Doctor?" が『プライズ・ストーリーズ一九七五』に収録される。**12月**、クリスマスには友人たちと飲み騒ぐ。カーヴァーの身体は、飲んでいないと震えが来るほどまでになっていた。

1976

2月、三冊目の詩集『夜になると鮭は……』*At Night the Salmon Moves* をキャプラ出版より出版。

3月、大手出版社マッグロー・ヒルより、初の短編集『頼むから静かにしてくれ』*Will You Please Be Quiet, Please?* を出版。発行責任者はゴードン・リッシュ。売れ行きは芳しくなかった。短編「足もとに流れる深い川」"So Much Water So Close to Home"が、『プッシュカート賞アンソロジー』*Pushcart Prize* の第一号に収録される。**1976年10月から1977年1月**にかけて、急性アルコール中毒で四回の入院。酒を止めようとするとアルコール離脱症状に陥った。**10月**、カーヴァーをアルコール中毒患者のリハビリ施設に入れるため、マリアンはクパティーノの家を売る。この時カーヴァーの入ったダフィー・アルコール中毒リハビリセンターが、「ぼくが電話をかけている場所」"Where I'm Calling From"のフランク・マーティン・アルコール中毒療養所のモデルとなっている。マリアンと離れて暮らし始める。

▼この頃の中毒症状について、カーヴァーは、「車の運転、朗読会、授業、骨折の治療、浮気など、何をしたとしても何も覚えておらず、まるで自動操縦装置で動いているようなものだった」と語っている。

▼時期ははっきりしないが、まだアルコール漬けだった頃、カーヴァーは後に友人チャック・キンダーの妻となるダイアンと浮気をしていた。一方、マリアンもアルコール中毒者更正ミーティングで知り合った男性と親しくなったことがあり、二人の仲は一触即発状態だった。ある時、食事に来た男性の友人とふざけていたマリアンに嫉妬したカーヴァーが、マリアンの頭を壜で殴り大怪我をさせたこともあったという。

1977

『頼むから静かにしてくれ』が全米図書賞にノミネートされる。カリフォルニア州マッキンリーヴィルに単身移る。この時一人で住んでいた家が、「シェフの家」"Chef's House" のモデルらしい。**6月2日**、酒を断つ。カーヴァー三九歳。後にカーヴァーは、「僕は酒を断ったことを何よりも誇りに思う」と語っている。**7月**に行われたインタヴューで、初めての長編小説の構想があることを明かす。**秋**、マリアンが一時的に同居。二人にとって最後となる静かな日々は、「シェフの家」に写し取られている。**11月**、キャプラ出版より短編集『怒りの季節 その他の短編』*Furious Seasons and Other Stories* を出版。同じ月、テキサス州ダラスで開かれた作家会議で、詩人のテス・ギャラガーと出会う。この時のカーヴァーの第一印象については、テス・ギャラガー著「夢の残影――日本版レイモンド・カーヴァー全集のための序文」"The Ghost of Dreams" の冒頭に詳しく述べられている。マリアンによれば、**クリスマス**に、友人のジョン・チーヴァーがテレビの「ディック・キャヴェット・ショー」に出演しニューヨークでの作家生活について語っているのを見て刺激を受け、東部に赴く決意をしたという。

▼酒を断った最初の一ヶ月は、日に一、二回アルコール中毒者更正ミーティングに参加していた。この時、他の患者から様々な話を聞いたものの、それを作品に使おうと思ったことはないとカーヴァーは語っている。

▼この頃、息子のヴァンスはマリアンの友人に預けられていた。娘のクリスティンは、ボーイ

フレンドと共に法に関わるトラブルに巻き込まれていた。カーヴァーが東部に移ったのは、こうした家庭のごたごたから再びアルコールに手を出さないためではなかったか、と友人のダグラス・アンガーは推測している。

1978

1月、ヴァーモント州プレインフィールドにあるゴダード大学で、二週間の芸術学修士コースを教える。講師陣には、マイケル・ライアン、ジョン・アーヴィング、クレイグ・ノヴァ、ドナルド・ホール、ジョージ・チェインバース、ロバート・ハース、エレン・ヴォイト、ルイズ・グリュック、スティーヴン・ドビンズ、リチャード・フォード、トバイアス・ウルフといった名が並んでいた。後にカーヴァーは、フォード、ウルフと大親友となる。二人との交友については、カーヴァーのエッセイ「フレンドシップ」"Friendship" に詳しい。ジョン・サイモン・グッゲンハイム奨学金を受ける。**2月**、イリノイで一人暮らしを試みるが、寒さと孤独のために続かなかった。**3月から6月**にかけて、アイオワ・シティで試験的にマリアンとの同居を試みるが、**7月**、完全別居。この頃、マリアンは占星術師や霊媒師と関わりを持つようになり、カーヴァーはこれを快く思っていなかったという。カーヴァーはテキサス大学エルパソ校に単身向かい、同大学の特別客員講師となる（一九七八-七九年）。**8月**、テス・ギャラガーと再会、親密な交際を始める。**10月**、『シカゴ・トリビューン』*Chicago Tribune* に、ウィリアム・ハンフリー著『マイ・モービー・ディック』*My*

Moby Dick についての書評「大きな魚、伝説の魚」"Big Fish, Mythical Fish" が掲載される。以後、『テキサス・マンスリー』*Texas Monthly* や『サンフランシスコ書評』*San Francisco Review of Books* などにも、カーヴァーによる書評が載り始める。「ダンスしないか?」"Why Don't You Dance?" が『クォータリー・ウエスト』*Quarterly West* 秋号に、「ファインダー」"Viewfinder" が『アイオワ・レヴュー』*Iowa Review* 冬号に掲載され、アルコール中毒克服後初めての作品となる。

▼この頃から、娘のクリスティンと月に二回ほど電話で連絡を取り、年に二回ほどは会うようになる。

1979

1月1日、エルパソでテス・ギャラガーと共に暮らし始める。**夏**、ギャラガーの故郷であるポート・エンジェルスに程近い、オリンピック半島にあるワシントン州チマカムで過ごす。未完に終わった小説の一部が「長篇小説の断片『オーガスティン・ノートブック』より」"From *The Augustine Notebooks*" として、『アイオワ・レヴュー』夏号に掲載される。**9月**、ギャラガーが教えるアリゾナ大学のあるトゥーソンに移る。ニューヨーク州シラキュースのシラキュース大学英文学教授に任命されるが、この職に就くことを一年延ばし、グッゲンハイム奨学金で執筆に専念する。

1980

全米芸術基金から小説部門の創作助成金を受ける。シラキュース大学で思いがけず退職者が出たため、予定より半年早く、**1月**、同大学で教え始める。**春**、キンダーやフォードとニュー・オーリンズで休暇を過ごす。この時、カーヴァーはキンダーに、断酒して二度と小説が書けないと思っていた頃に自殺を考えたと語っている。**9月**、共にシラキュースに家を購入する。**5月から8月**まで、ギャラガーと共にポートアンジェレスのキャビンを借りて住む。**9月**、共にシラキュースに移り、ギャラガーも同大学で文芸創作課程のコーディネーターとなる。二人でシラキュースに家を購入する。

▼この頃、ジェイ・マキナニーと知り合う。マキナニーはカーヴァーの勧めでシラキュース大学の大学院に入る。カーヴァーは、「よい作家になるための唯一の方法は、毎日書くことだ」と繰り返し語り、時には電話で「今日は書いたかい?」と聞いてきたという。

1981

5月まで、共にシラキュース大学で教え、**夏**はポートアンジェレスで過ごす。**2月15日**、エッセイ「ストーリーテラーの打ち明け話」"A Storyteller's Shoptalk"(後に「書くことについて」"On Writing"と改題)が、『ニューヨーク・タイムズ・ブックレヴュー』*New York Times Book Review*に掲載される。**4月20日**、大手から出る短編集としては二冊目となる『愛について語るときに我々の語ること』*What We Talk About When We Talk About Love*が、ゴードン・リッシュの編集によりクノップフ社より出版。この本が『ニューヨーク・タイムズ・ブックレヴュー』の一面で紹介された時、カーヴァーは子供のように喜び、「信じられるか?」と友人のアンガーに電話してきたという。この本の成功により、カーヴァーは「今までにない自信を感じた」と語っている。短編「風呂」"The Bath"が、雑誌『コロンビア』*Columbia* 主催のカルロス・フェンテス小説賞を受賞。**11月30日**刊の『ニューヨーカー』*The New Yorker* に短編「シェフの家」で初登場。その後、同誌に度々寄稿するようになる。短編「愛について語るときに我々の語ること」"What We Talk About When We Talked About Love"が、『プッシュカート賞アンソロジー 6』に収録される。

▼批評家からは、「Kマート的リアリズム」と揶揄されたが、新しい手法を模索していた作家志望の若者たちからは絶大な支持を得た。アイオワ大学では、「レイモンド・カーヴァーそっくり短編コンテスト」なるものが行われ、送られてきた優勝作品を読むのは楽しい体験だったと、カーヴァーは語っている。

▼友人のアンガーによれば、この頃からカーヴァーは、ミニマリズムのスタイルをぎりぎりまで研ぎ澄ましていったという。しかし、このスタイルには編集者ゴードン・リッシュの影響もあったようで(例えば、「風呂」をあそこまで削ったのはリッシュだと、友人のキトリッジは言う)、編集者を変更した後、カーヴァーは「これからはカンマ一つ変えさせない」と言っていたという。

1982

夏、ギャラガーとスイスを旅する。**9月**、短編『雉子』*The Pheasant*が、メタコム出版より限定版で出版される。ジョン・ガードナーは、特別編集委員として『ベスト・アメリカン・ショート・ストーリーズ一九八二』に「大聖堂」"The Cathedral"を収録する。**9月14日**、バイク事故でガードナーが亡くなる。**10月18日**、一九七八年七月以来別居していた妻と正式に離婚。エッセイ「ファイアズ」"Fires"が、雑誌『アンタイオス』*Antaeus*秋号に掲載される。映画監督のマイケル・チミノから、ドストエフスキーの生涯を描いた脚本の手直しを、ギャラガーと共に依頼される。ニューヨーク州サラトガ・スプリングスにある芸術家村「ヤド・コーポレーション」(芸術家に創作のための静かな環境を提供する目的で、一九〇〇年に資本家スペンサー・トラスクが設立した、四〇〇エーカーの敷地を有する施設。メンバーは、二週間から二ヶ月まで食事付きで滞在することができる)のメンバーとなる。

▼『愛について語るときに我々の語ること』出版後、半年以上何も書けない状態が続いた後に初めて書いた作品が「大聖堂」だった。カーヴァーは、「大聖堂」を書いている時に自分の文章に変化が生じたと言い、「これだ、このために書いているんだ」という恍惚感を体験したと語っている。

1983

4月14日、キャプラ出版より『ファイアズ——エッセイ、詩、短編』*Fires: Essays, Poems, Stories*

を出版。「風呂」を改訂増補した短編「ささやかだけれど、役に立つこと」“A Small, Good Thing”が、『プライズ・ストーリーズ一九八三』の最優秀賞を受賞。『プッシュカート賞アンソロジー 8』にも収録される。**5月18日**、アメリカ芸術文学アカデミーから、第一回ミルドレッド・アンド・ハロルド・シュトラウス・リヴィングス賞を贈られ、年に免税で三万五千ドルの奨学金を五年間（更新可能）受け取ることとなる。受賞の条件として、シラキュース大学の教授職を辞する。エッセイ「ジョン・ガードナー——教師としての作家」“John Gardner: Writer and Teacher”（後に“John Gardner: The Writer as Teacher”と改題）が、『ジョージア・レヴュー』*The Georgia Review* 夏号に掲載され、死後出版されることになったガードナーの『小説家になることについて』*On Becoming a Novelist* の序文となる。**9月15日**、大手から出版される三冊目の短編集『大聖堂』*Cathedral* が、クノップフ社より出版される。**12月12日**、この短編集が全米図書批評家サークル賞にノミネートされる。『プラウシェアーズ』*Ploughshares* 小説特集号の編集をカーヴァーが担当する。短編「ぼくが電話をかけている場所」が、特別編集委員のアン・タイラーにより『ベスト・アメリカン・ショート・ストーリーズ一九八三』に選ばれる。

▼**7月**、村上春樹が翻訳短編集『僕が電話をかけている場所』を中央公論社より出版。日本にはじめてカーヴァーを紹介する。

▼この年の冬、『パリス・レヴュー』*The Paris Review* がカーヴァーのインタヴューを行っているが、その取材記事の中で、テスと共に暮らすシラキュースの自宅の様子を詳細に紹介し

ている。外にはメルセデスの新車とフォルクスワーゲンが置かれ、家の内部はいたってシンプルだった。カーヴァーの書斎は二階にあり、L字型の机には、タイプライターと手を入れている原稿のファイル以外は、細々した物は何も置かれていなかったという。

▼『大聖堂』が、『ニューヨーク・タイムズ』紙が選ぶ一九八三年のベストブック一三の一冊に選ばれる。

▼友人のデイビッド・スワンガーは、この年訪ねてきたカーヴァーが、滞在中毎晩のようにスワンガーの自家製マリファナを吸っていたのを目撃している。

1984

1月、シラキュース大学でのマスコミ「騒動」を逃れ、ギャラガーがポートアンジェレスに新しく建てたばかりの「スカイハウス」に一人移り住む。昼間は詩を書き、夜は思いついた時にノンフィクションを書くという生活を送る。ポートアンジェレスの家は、詩を書くには最適の場所だとカーヴァーは語っている。**4月22日**、『シャーウッド・アンダーソン書簡撰集』*Selected Letters* について書いた書評「名声なんていらない。私が言うからたしかだ」"Fame Is No Good, Take It From Me" が、『ニューヨーク・タイムズ・ブック・レヴュー』に掲載される。『一緒に来たのではない――ウィリアム・キトリッジ短編集』*We Are Not in This Together: Stories by William Kittredge* の序文を書く。**夏**、米国文化情報局の依頼でブラジル、アルゼンチンをギャラガーと朗読旅行。**秋**、二人はシラキュース大学に戻り、ギャラガーは毎年半期のみ教える契約を行う。**9月10日**、マイケル・チミノと共同で執筆した未上演の脚本「紫の湖」"Purple Lake"の版権が登録される。エッセイ「父の肖像」が、『エスクァイア』九月号に掲載される。**9月**、短編『イフ・イット・プリーズ・ユー』*If It Please You*(『愛について語るときに我々の語ること』には、「デニムの後で」"After the Denim"のタイトルで収録)が、ロード・ジョン出版から限定版として出版される。詩七編が『二〇〇〇年世代』*The Generation of 2000* に再録され、短編「注意深く」"Careful"が『プッシュカート賞アンソロジー 9』に収録される。短編集『大聖堂』が、ピューリッツァー賞にノミネートされる。

▼『大聖堂』が出た後、一気に詩を書き始めたきっかけについて、「もう詩は書けないかもしれないと思っていた時に、ふと手に取った雑誌に掲載されていた他人の詩が気に入らず、自分ならもっとうまく書けると思ったからだ」とカーヴァーは冗談交じりに語っている。

▼この年の夏、村上春樹がカーヴァーにインタヴューを行っている。カーヴァーは、この時の印象を基に「投げる」"The Projectile"という詩を書いた。

1985

1月、ポートアンジェレスの労働者居住区に家を購入。ギャラガーと共に、一月から八月まではポートアンジェレスの二つの家に交互に住み、九月にはシラキュースに戻る。詩五編がシカゴの『ポエトリー』*Poetry* 二月号に掲載され、その後は定期的に詩を投稿することとなる。**5月1日**、ランダムハウス社から詩集『水と水とが出会うところ』*Where Water Comes Together with Other Water* が出版される。ギャラガーと共にイギリス旅行、**5月16日**、イギリスで短編集『ファイアズ』*Fires* と『レイモンド・カーヴァー短編集』*The Stories of Raymond Carver* を出版。**秋**、キャプラ出版より、ギャラガーとの共著『ドストエフスキー——映画脚本』*Dostoevsky: A Screenplay* を出版。11月17日、ヘミングウェイの二冊の伝記に関するカーヴァーの書評「成熟すること、崩壊すること」"Coming of Age, Going to Pieces" が『ニューヨーク・タイムズ・ブック・レヴュー』に掲載される。同じ月に、『ポエトリー』誌主催のレヴィンソン賞を受賞。

▼カーヴァーに批判された、ヘミングウェイの伝記作家ジェフリー・マイヤーズは、『ニューヨーク・タイムズ・ブック・レヴュー』紙上で反論。後に、カーヴァーは、スタンフォードでの朗読会の後、昼食の席でマイヤーズと隣り合わせ、ばつの悪い思いをしたらしい。

▼この年、ヘミングウェイの未完長編小説『エデンの園』*The Garden of Eden* を編集中だったスクリブナーズ社のトム・ジェンクスは、極秘でカーヴァーに出版前の原稿を送り、意見を求めた。カーヴァーは作品を好意的に評価したものの、極秘原稿の存在をホームパーティで友人たちに明かしてしまい、ジェンクスは冷や汗をかかされたという。

1986

『ベスト・アメリカン・ショート・ストーリーズ一九八六』の特別編集委員を務める。**8月**、ヤキマ・ハイスクールの卒業三十周年記念同窓会に出席。**11月7日**、ランダムハウス社より詩集『ウルトラマリン』*Ultramarine* を出版。同日、シカゴで行われた現代詩協会の「詩の日」祝賀会で、ギャラガーと共に詩の朗読を行う。

▼成功を収めたこの頃のカーヴァーは、メルセデスを乗り回し、ヨットを二隻所有していたが、「ヨットに乗って出かけたのはいいが、なぜこんなことをしているのか、家で書き物をしていなくちゃいけないのにと考えることがある」と語っていたという。

▼この年の夏に行われたインタヴューで、カーヴァーは、テス・ギャラガーとの出会いにより、自分の人生はもちろんのこと、文章にも変化があったことを認めている。

▼秋のインタヴューでは、短編の作風に変化が生じていることを認め（例えば、「ブラックバード・パイ」"Blackbird Pie" など）、「ここ半年ほどの間に書いた短編は、書こうとしていたものとは異なる出来上がりで、自分に起こりつつある変化にわくわくしている」と語っている。またこの時、近作の詩に死のテーマが多いと指摘され、「四〇代半ばに差しかかると、死ということが重くのしかかってくる」と彼が発言していることは、時期が時期だけに興味深い。

1987

4月3日、デラコルテ社から、トム・ジェンクスとの共同編集による『アメリカ短篇小説傑作選』*American Short Story Masterpieces* を出版。**5月**、レイヴン・エディションズ社から著作集『あの頃——レイモンド・カーヴァー初期作品集』*Those Days: Early Writings by Raymond Carver* を出版。**6月1日**、短編「使い走り」"Errand"が『ニューヨーカー』に掲載され、これが発表された最後の短編となる。**4月から7月**にかけて、ギャラガーと共にヨーロッパ旅行、パリ、ヴィースバーデン、チューリッヒ、ローマ、ミラノを回る。**6月1日**、ロンドンのコリンズ・ハーヴィル社が、最近の詩を集めた詩撰集『イン・ア・マリン・ライト』*In a Marine Light* を出版。**9月**、肺出血。**10月1日**、シラキュースの病院で癌の見つかった左肺を三分の二摘出。**11月11日**、ニューヨーク公立図書館の「文学の巨人」の一人に選ばれる。短編「引越し」"Boxes"が、特別編集委員アン・ビーティーにより『ベスト・アメリカン・ショート・ストーリーズ一九八七』に選ばれる。

▼病気を知ったカーヴァーの様子を、友人たちが様々に語っている。手術前には随分ナーバスになっていたとフォードは言い、ジェフリー・ウルフは、自分の病気に関して必要以上のことは知りたがらなかったと言っている。また、アンガーによれば、カーヴァーは病気を知ってからも自分は運がいいのだと自分に言い聞かせており、手術室に入る前にも「これからまた新しい人生に向かうんだ」と言っていたという。

▼手術後、カーヴァーは、友人に宛てた手紙の中で、「うちの家族は、こういう時に金を無心

してくるんだ。もううんざりだ」と書いている。この頃、カーヴァーは母親の引越し癖に悩まされており、短編「引越し」はこの体験から生まれたものらしい。

1988

1月、ポートアンジェレスに新居を購入。短編「使い走り」が、『プライズ・ストーリーズ一九八八』の最優秀賞を受賞。同作品は、特別編集委員マーク・ヘルプリンにより『ベスト・アメリカン・ショート・ストーリーズ一九八八』に選ばれる。『アメリカの小説 八八』*American Fiction 88* の審査員を務める。**3月**、癌が脳に転移。**4月から5月**にかけて、シアトルで七週間に渡る放射線治療を受ける。**4月22日**、シアトルのホテルで、マリアン、クリスティン、クリスティンの娘二人とランチを楽しむ。放射線治療で顔のむくんだカーヴァーに、マリアンは「気」の治療を試みた。**5月**、アトランティック・マンスリー出版より、新作を加えた短編撰集『ぼくが電話をかけている場所』*Where I'm Calling From* を出版。**5月4日**、ブランダイス大学より、小説部門で創作芸術賞を受賞。**5月15日**、ハートフォード大学より名誉文学博士号を授与される。「ドクター・カーヴァーと呼んでくれ」とカーヴァーは友人たちに語っていた。**5月18日**、アメリカ芸術文学アカデミー会員となる。翌日、スクリブナーズ書店で『ぼくが電話をかけている場所』のサイン会を行い、カーヴァーが驚くほど大勢のファンが押しかける。**六月初旬**、癌が肺に転移。回復を信じ、仕事に集中するため、癌の再発についてはできる限り友人たちに知らせなかった。**6月17日**、ネヴァダ州リノでギャラガーと結婚。カーヴァーは、司式した牧師が「ポマードを塗りたくった世界で一番脂ぎった牧師」だったと友人への手紙に書いている。最後の詩集『滝への新しい小径』*A New Path to the Waterfall* を二人で編纂。この時の様子については、ギャラガーによる「イントロダクション」に詳しい。**7月**、ギャラガーとアラスカに釣り旅行。シアトルのヴァージニア・メイソン病院に短期入院後、**8月2日**午前六時二〇分、ポートアンジェレスの自宅で死去。享年五〇歳。**8月4日**、ポートアンジェレスのオーシャンヴュー墓地に埋葬される。同日、ロンドンのコリンズ・ハーヴィル社より短編集『象　その他の短編』*Elephant and Other Stories* が出版される。**8月29日**、『ニューヨーカー』に詩「GRAVY」"Gravy" が掲載される。エッセイ「フレンドシップ」が、『グランタ』*Granta* 秋号に掲載される。**9月22日**、ニューヨーク市セント・ピータース教会にて追悼ミサが行われる。

▼埋葬は親族と親しい友人だけで行われた。クリスティンの記憶では、親族の他に、編集担当のゲーリー・フィスケットジョン、リチャード・フォードとその妻クリスティナ、ダグラス・アンガー、七年間カーヴァーの代理人を務めたアマンダ・アーバンが列席していたという。テスが『滝への新しい小径』から数編、クリスティンが『ウルトラマリン』から「自動車」"The Car" を朗読。最後には、クリスティンの提案で、アルコール中毒患者更正ミーティングでやるように、皆で手をつなぎ、カーヴァーの断酒に敬意と感謝を込めて「主の祈り」を唱えたという。

▼この年の春に行われたインタヴューで、カーヴァーは回顧録を書くつもりがあることを明かしていた。また、死の数ヶ月前に行われた二つのインタヴューの中で、カーヴァーは自分をラッキーな男だということを強調していた。
▼後に、カーヴァーの墓には、訪れる人たちがカードや手紙を入れられるようメッセージ箱が据えつけられた。これは、ある女性教師が刑務所でカーヴァーの作品を教えたところ、感銘を受けた囚人たちが箱を置こうと提案して出来上がったものである。

1989

シアトル財団より、マキシン・クッシング・グレイ奨学金をギャラガーと共に死後受賞。**6月15日**、アトランティック・マンスリー出版より、最後の詩集となる『滝への新しい小径』が出版される。**9月22日**、イギリスBBCが、カーヴァーの生涯と著作についてのオムニバス・ドキュメンタリー、「夢とは覚めるもの」"Dreams Are What You Wake Up From"をテレビ放映。**11月27日**、英語交流連盟が『ぼくが電話をかけている場所』に大使図書賞を授与。

1990

5月、村上春樹訳によるレイモンド・カーヴァー全集の出版が中央公論社より始まる。第一回配本は、『レイモンド・カーヴァー全集三 大聖堂』だった。(全八巻の予定で、二〇〇三年八月現在、第七巻までが既刊。）

1993 カーヴァーの短編数編を素材とした映画『ショート・カッツ』*Short Cuts*（ロバート・アルトマン監督）が製作される。

注

カーヴァーによる著作のタイトルは、村上春樹氏の訳をそのまま使わせていただいた。

参考文献

この年表は、*Conversations with Raymond Carver*. Ed. Marshall Bruce Gentry and William L. Stull. (Jackson: UP of Mississippi, 1990) の中の年表を中心に、以下に挙げる文献を参考として作成した。

Bloom, Harold, ed. *Bloom's Major Short Story Writers: Raymond Carver*. (Broomall: Chelsea House Publishers, 2002).

Gentry, Marshall Bruce, and William L. Stull, eds. *Conversations with Raymond Carver*, (Jackson: UP of Mississippi, 1990).

Halpert, Sam. *Raymond Carver: An Oral Biography*. (Iowa City: U of Iowa P, 1995).

Stull, William L., and Maureen P. Carroll, eds. *Remembering Ray: A Composite Biography of Raymond Carver*, (Santa Barbara: Capra Press, 1993).

Great Writers of the Twentieth Century: 16. Raymond Carver, Prod. A Clark Television Production for BBC Worldwide Television. Videocassette. BBC Worldwide Limited, 1997.

村上春樹編・訳『Carver's Dozen ――レイモンド・カーヴァー傑作選』、（中央公論社、一九九五）。

村上春樹訳『THE COMPLETE WORKS OF RAYMOND CARVER』1-7、（中央公論社、一九九〇-二〇〇二）

レイモンド・カーヴァー資料

〈作品〉

☆ *A New Path to the Waterfall*. Grove/Atlantic, Inc. 1990.
☆ *All of Us: The Collected Poems*. New York: Vintage Books, 2000.
☆ *At Night the Salmon Moves*. Santa Barbara: Capra Press, 1976. Out of print.
☆ *Call If You Need Me: The Uncollected Fiction and Other Prose*. New York: Vintage Books, 2001.
☆ *Cathedral*. New York: Vintage Books, 1989.
☆ *Elephant and Other Stories*. London: The Harvill Press, 1998.
☆ *Fires: Essays, Poems, Stories*. New York: Vintage Books, 1995.
☆ *Furious Seasons and Other Stories*. Santa Barbara: Capra Press, 1977. Out of print.
☆ *In a Marine Light: Selected Poems*. London: The Harvill Press, 1987.
☆ *No Heroics, Please*. New York: Vintage Books, 1992.
☆ *Short Cuts: Selected Stories*. New York: Vintage Books, 1993.
☆ *Ultramarine*. New York: Vintage Books, 1987.
☆ *What We Talk About When We Talk About Love*. New York: Vintage Books, 1989.
☆ *Where I'm Calling From: New and Selected Stories*. New York: Vintage Books, 1989.
☆ *Where Water Comes Together With Other Water*. New York: Vintage Books, 1986.
☆ *Will You Please Be Quiet, Please?* New York: Vintage Books, 1992.

【村上春樹訳】
◎『ぼくが電話をかけている場所』（中央公論社、一九八三年：中公文庫、一九八六年）〈絶版〉
◎『夜になると鮭は……』（中央公論社、一九八五年：中公文庫、一九八八年）〈絶版〉
◎『ささやかだけれど、役にたつこと』（中央公論社、一九八九年）
◎『Carver's Dozen――レイモンド・カーヴァー傑作選』（中央公論社、一九九四年：中公文庫、一九九七年）
◎『必要になったら電話をかけて』（中央公論社、二〇〇〇年）
◎『THE COMPLETE WORKS OF RAYMOND CARVER』（中央公論社）
●『頼むから静かにしてくれ　レイモンド・カーヴァー全集1』（一九九一年）
●『愛について語るときに我々の語ること　レイモンド・カーヴァー全集2』（一九九〇年）
●『大聖堂　レイモンド・カーヴァー全集3』（一九九〇年）
●『ファイアズ（炎）　レイモンド・カーヴァー全集4』（一九九二年）
●『水と水とが出会うところ/ウルトラマリン　レイモンド・カーヴァー全集5』（一九九七年）
●『象/滝への新しい小径　レイモンド・カーヴァー全集6』（一九九四年）
●『英雄を謳うまい　レイモンド・カーヴァー全集7』（二〇〇二年）
●『必要になったら電話をかけて　レイモンド・カーヴァー全集8』（二〇〇四年五月刊行予定）
◎黒田絵美子訳　『レイモンド・カーヴァー詩集――水の出会うところ』（論創社、一九八九年）〈絶版〉
◎――――訳　『レイモンド・カーヴァー詩集――海の向こうから』（論創社、一九九〇年）〈絶版〉
◎松本　淳訳　「ふくろ」、片岡義男編『アメリカ小説をどうぞ』所収（晶文社、一九九〇年）
◎青山　南訳　「集めるひと」、「隣りのひと」　青山　南編『世界は何回も消滅する』所収（筑摩書房、一九九〇年）　初出『エスクァイア日本版』（一九八八年一二月号）

【講談社英語文庫】
★『ぼくが電話をかけている場所』（講談社インターナショナル、一九八九年）〈絶版〉

★『愛について語るときに我々の語ること』（講談社インターナショナル、一九九四年）〈絶版〉

〈研究書など〉

◆ Bethea, Arthur F. *Technique and Sensibility in the Fiction and Poetry of Raymond Carver.* New York: Routledge, 2001.

◆ Bloom, Harold ed. *Raymond Carver: Comprehensive Research and Study Guide.* Broomhall, Pa: Chelsea House, 2002.

◆ Campbell, Ewing. *Raymond Carver: A Study of the Short Fiction.* New York: Twayne, 1992. Out of print.

◆ Gallagher, Tess. *Soul Barnacles: Ten More Years with Ray.* Ed. Greg Simon. Ann Arbor: U of Michigan P, 2000.

◆ ——. "Carver Country." Introduction to *Carver Country: The World of Raymond Carver.* Photographs by Bob Adelman. New York: Charles Scribner's Sons, 1990. 村上春樹訳、『カーヴァー・カントリー』（中央公論社、一九九四年）

◆ Gentry, Marshall Bruce, and William L. Stull. eds. *Conversations with Raymond Carver.* Jackson: UP of Mississippi, 1990.

◆ Halpert, Sam ed. *Raymond Carver: An Oral Biography.* Iowa City: U of Iowa P, 1995.

* . . . *When We Talk about Raymond Carver.* Layton, Utah: G. Smith, 1991. の拡大版
小梨　直訳『レイモンド・カーヴァーについて語るとき……』（白水社、一九九三年）

◆ Hallett, Cynthia Whitney. *Minimalism and the Short Story: Raymond Carver, Amy Hempel, and Mary Robison.* Lewiston, N. Y.: The Edwin Mellen P, 1999.

◆ Lainsbury, G. P. *Carver Chronotype: Contextualizing Raymond Carver.* New York: Routledge, 2003.

◆ Nesset, Kirk. *The Stories of Raymond Carver: A Critical Study.* Athens: Ohio UP, 1995.

◆ Runyon, Randolph Paul. *Reading Raymond Carver.* Syracuse, N. Y.: Syracuse UP, 1992.

◆Stull, William L. and Maureen P. Carrol eds. *Remembering Ray: A Composite Biography of Raymond Carver.* Santa Barbara: Capra P, 1993. Out of print.

◆——. "Raymond Carver." *Dictionary of Literary Biography Yearbook 1988.* Ed. J. M. Brook. Detroit: Gale, 1989. 199-213.

♠池田孝一「Less Is Less?——レイモンド・カーヴァーの二つのヴァージョン」、國重純二編『アメリカ文学ミレニアム(II)』所収（南雲堂、二〇〇一年）

♠岩元　巌「オーディナリ・ピープル——R・カーヴァーの主人公」、越川芳明編『アメリカ文学のヒーロー』所収（成美堂、一九九一年）

♠風間賢二「実験的リアリズム——レイモンド・カーヴァー」、『オルタナティヴ・フィクション——カウンター・カルチャー以降の英米小説』所収（水声社、一九九九年）

♠風丸良彦『カーヴァーが死んだことなんてだあれも知らなかった——極小主義者たちの午後』（講談社、一九九二年）〈絶版〉

♠越川・柴田・沼野・野崎・野谷編『世界×現在×文学　作家ファイル』（国書刊行会、一九九六年）

♠柴田元幸『アメリカ文学のレッスン』（講談社現代新書、二〇〇〇年）

♠杉山克枝『関係の力学——ロレンス、スパーク、カーヴァーの場合』（八潮出版社、一九九五年）

♠千石英世『アイロンをかける青年——村上春樹とアメリカ』（彩流社、一九九一年）

♠高橋源一郎「レイモンド・カーヴァーをアーヴィング・ハウがほめていた」、『ぼくがしまうま語をしゃべった頃』所収（新潮文庫、一九八九年）〈絶版〉

♠宮本美智子「レイモンド・カーヴァー」、『マイ・ニューヨーク・フレンズ』所収（集英社、一九八七年）〈絶版〉

♠向井　敏「署名入りの名刺——レイモンド・カーヴァー『ささやかだけれど役にたつこと』」、『残る本　残る人』所収（新潮社、二〇〇一年）

♠村上春樹編・訳『月曜日は最悪だとみんなは言うけれど』（中央公論新社、二〇〇〇年）

＊D・T・マックス「誰がレイモンド・カーヴァーの小説を書いたのか?」、リチャード・フォード「グッド・レイモンド」が収められている。

〈雑誌および新聞〉

♣『海』（中央公論社）

一九八三年五月号　特集：レイモンド・カーヴァー（今日の海外文学—21—）
村上春樹　「レイモンド・カーヴァーについて」
レイモンド・カーヴァー、村上春樹訳　「ダンスしないか?」、「出かけるって女たちに言ってくるよ」、「大聖堂《カセドラル》」、「菓子袋」、「あなたお医者さま?」、「僕が電話をかけている場所」、「足元に流れる深い川」

♣『新潮』（新潮社）

一九八五年一月号　特集：レイモンド・カーヴァーの宇宙
村上春樹　「レイモンド・カーヴァーと新しい保守回帰（ニュー・コンサーヴァティズム）の波——インタビューとその作品論」
レイモンド・カーヴァー、村上春樹訳　短編：「羽根」、「雉子」、「ヴィタミン」、「クリスマスの夜」、「犬を捨てる」　詩：「夜になると鮭は」、「セムラに、兵士のごとく勇ましく」、「君は恋を知らない（チャールズ・ブコウスキー、詩の朗読の夜）」

一九八八年五月号　レイモンド・カーヴァー、村上春樹訳　「象」

一九八九年四月号　特集：レイモンド・カーヴァー再び
村上春樹　「レイモンド・カーヴァーの早すぎた死」
テス・ギャラハー、村上春樹訳　「夫　レイモンドを偲んで」
レイモンド・カーヴァー、村上春樹訳　「メヌード」

一九九三年一月号　レイモンド・カーヴァー、村上春樹訳「ブラックバード・パイ」
村上春樹「『ブラックバード・パイ』について」

♣『エスクァイア日本版』（UPU, Inc.）
一九八七年四月号　レイモンド・カーヴァー、中野圭二訳「密接な関係」
一九八八年一二月号　青山南「追悼、レイモンド・カーヴァー」
レイモンド・カーヴァー、青山南訳「コレクターズ」「ネイバーズ」

♣『ユリイカ』（青土社）
一九八七年一〇月号　特集：変貌するアメリカ文学――リアリズムの新しい流れ
越川芳明「焔――文学と影響について」
越川芳明訳・編「家の中の物語――インタビュー」
J・バース、岩元巌訳「ミニマリズムについて――小さきは大なりか？」
志村正雄「カウンターカルチュア以後の文学」
岩元巌「ミニマリズムとアメリカ小説」
富山太佳夫「ミニマリスト・ユートピア」
一九九〇年六月号　特集：レイモンド・カーヴァー
荒このみ「納戸に隠した骸骨《スケルトン》」
岩元巌「ぼくらがカーヴァーと分かち合うもの」
柴田元幸「無名性の文学――カーヴァー的世界のなりたち」
平石貴樹「レイモンド・カーヴァー、失敗の衝動」
若島正「カーヴァーについて語るときに我々の語るべきこと」
千石英世「パシフィック・ノースウェストの風――死／父／土地の気配」
中田浩二「テス・ギャラガーが語った『ポートエンジェルスのレイモンド・カーヴァー』」
今村楯夫「切り絵の中の〝日常〟と詩空間」

風間賢二「実験的リアリズムとカーヴァー」
宮本陽一郎「静寂と具体性の美学」
シューマッハー「焰のあと、焰の中へ」――カーヴァーとのインタヴュー
杉浦悦子訳
越川芳明「レイモンド・カーヴァー評伝」
「レイモンド・カーヴァー年譜」
山西治男「レイモンド・カーヴァー図書館」
レイモンド・カーヴァー、村上春樹訳・解説「60エーカー」、「ナイト・スクール」

♣『文學界』（文藝春秋）
一九八七年一〇月号　村上春樹「レイモンド・カーヴァーの詩の魅力」
レイモンド・カーヴァー、村上春樹訳「レイモンド・カーヴァーの十篇の詩」
一九八八年一〇月号　レイモンド・カーヴァー、村上春樹訳「ささやかだけれど、役にたつこと」

♣『英語青年』（研究社出版）
一九八八年一月号　特集：ミニマリズムの文学
志村正雄、荒　このみ、岩元　巌「座談会――新しい文学状況をめぐって」
越川芳明「レイモンド・カーヴァーと短編の美学」
一九八八年一二月号　岩元　巌「レイモンド・カーヴァーの小説――日常性の中の不朽」
一九九八年一二月号　橋本博美「レイモンド・カーヴァー十周忌――風と青鷺とハンドライティング」
二〇〇〇年一月号　橋本博美「"A Small, Good Thing" オリジナル草稿にみるカーヴァーの書き換えの真相〈上〉」
二〇〇〇年二月号　橋本博美「"A Small, Good Thing" オリジナル草稿にみるカーヴァーの書き換えの真相〈下〉」

♣『par AVION』
一九八八年七月号　レイモンド・カーヴァー、村上春樹訳「引越し」

♣『ミステリ・マガジン』（早川書房）
一九八八年一一月号　レイモンド・カーヴァー、村上春樹訳「愛について語るときに我々の語ること」

♣『マリ・クレール』（中央公論社）
一九八九年五月号　レイモンド・カーヴァー、村上春樹訳「轡」
一九八九年一二月号　ジェイ・マキナニー、村上春樹訳「レイモンド・カーヴァー、その静かな、その声」
レイモンド・カーヴァー、村上春樹訳「使い走り」

♣『朝日新聞』夕刊　一九九三年一月七日
村上春樹「偉そうじゃない小説のなりたち　レイモンド・カーヴァーとの10年間」

♣『中央公論』（中央公論社）
一九九九年二月号　D・T・マックス、村上春樹訳「誰がレイモンド・カーヴァーの小説を書いたのか？」（アメリカ文学の現場から1）
一九九九年四月号　リチャード・フォード、村上春樹訳「グッド・レイモンド」（アメリカ文学の現場から2）

♣『週刊朝日百科　世界の文学』39号　二〇〇〇年二月八日号（朝日新聞社）
村上春樹「レイモンド・カーヴァー　アメリカ庶民の言葉」

あとがき

平石貴樹

カーヴァーは今、少しずつ忘れられようとしているのだろうか？　そんなふうに見えないこともないが、それははたしてカーヴァーのせいなのだろうか？　もちろんそうではない、むしろ読者がこれからカーヴァーに追いつかなければならないのだ、と序文で宮脇氏は述べている。まったくその通りだと思う。

なぜそんなことになってしまったのだろう？　一つには読者たちが、あいかわらずアメリカとアメリカ文学に、自由な冒険だの、奔放な想像力だのを求めつづけているせいではないのか。そしてもう一つには研究者たちが、しかつめらしく議論しやすい社会文化的な主題やポストモダニズム風の結構、人種的マイノリティの発言などを好んで求めているせいではないのか。

もちろんカーヴァーが、こうしたアメリカ文学の基調から完全にはずれている、と言いたいわけではない。だが、カーヴァーのはずれ方は、たとえば肌の色のようには分かりやすくない。弱者の主張を切々と訴えるのでもない。どこにでもありそうな話なので、かえってどこが小説になっているのか分かりにくい、という事情がある。そして分かりにくいものを近年の読者も研究者も、つい敬遠したくなってしまうようだ。

こうした状況を考慮すると、忘れられていくかに見えるカーヴァーの存在は、小説を取り囲むもっと大きな状況——日本でもアメリカでも、いわゆる「小説好き」が少しずついなくなり、小説をまったく読まないか、自分の趣味と都合に合わせて分かりやすい小説を勝手に読むだけの、いわば「小説よりも自分が好き」な人々がふえてきている状況を、象徴的に照らし出しているようにも見えてくる。逆に言えば、こんにちカーヴァー作品は、読者が「小説好き」なのかどうかを区別する試練のリトマス試験紙になった観があるが、わざわざそんな試験紙をためしてみようと思う人が、もうあまりいなくなっているのかもしれない。

やや悲観に傾きすぎたが、カーヴァー愛読者を自認する宮脇俊文氏や後藤和彦氏と本書のくわだてを思い立ったとき、私たちが話し合ったことがらの背景にはそんな思いがないわけではなかった。カーヴァーを読み継ぐための文脈と姿勢をまずあらためて掘り起こすことが、そもそも今問われているのではないか。そしてその試みは、きちんと小説を読もうとする姿勢のごときものに、いくらかでも通じているのではないか。お酒を飲みながら話したのでそんなふうにおおいに盛り上がったが、お酒がさめても気持ちの芯みたいなものは、さいわいあまり変わらなかった。

そこでとりあえず、こうした悲観的な状況を逆手にとって、この際ニートで手堅いカーヴァー研究より、カーヴァーをつうじて小説を読むことの楽しみや意味を取り戻すような本を世に問うてみたい、と考えがまとまった。深く生き生きとした、個人的で多様な議論を展開する本。そこで私たちはカーヴァー専門家に限らず、日ごろアメリカ文学をめぐって幅広いまた深い関心を寄せている諸氏、つまりは「小説好き」の諸氏に、自由な視点からの執筆をお願いした（「詩好き」というコトバはないので渡辺信二氏には恐縮だが省略させていただいた）。その結果寄せられた論考の数々は、そんな私たちの企図を十分以上に汲みとっていただいたものと、あらためて執筆者諸氏に感謝している。

きちんと小説を読もうとする読者にとって、カーヴァーがなぜ重要な作家なのか、その重要性とアメリカ文学あるいは文学批評との関係はどのようなものか、それは本書の各論考に目を通していただければ十分だろう。それらの趣旨は、もちろん一様ではない。たとえば、ある論者はカーヴァーの精細なリアリズムを強調し、ある論者はカーヴァーはリアリズムではないと指摘する。どちらも正しいだろう。また、何処でもよく誰でもいい現代の都会的な匿名性にカーヴァーを関係づける議論もあれば、特定の土地や特定の階級にカーヴァーを結びつけずにおかない議論もある。それもどちらも正しいだろう。すぐれた小説は、つねにそのように両面的だからである。だから読者は、そうした論考の振幅に振り回されながら、みずからの経験としてカーヴァーを読み、小説を読むことの楽しみと可能性を、おのおの探り、味わっていただきたいと思う。

本書はそこで、カーヴァーを読みはじめて間もない読者ばかりでなく、カーヴァーを長年読んできた読者、さらにカーヴァーを通じて広く小説を読み、考えることを欲する大勢の読者に迎えられるのではないかと、私たちは願っているしまた期してもいる。これは挨拶として言うのではなく、本書がそれほどに、内容においても様式においても新しい、日ごろおとなしい「小説好き＝カーヴァー好き」の、復活宣言の書でもあるという自負を抱いているのである。

そんな本書の計画に加わって、絶えず刺激と激励を与えてくれた南雲堂・原信雄氏に、執筆者一同にかわって深く感謝をささげたい。

（なお、訳題をふくめてカーヴァーからの引用は村上春樹氏の翻訳からのものが多く、本書各セクションごとのエピグラフも村上氏からのものである。記して感謝申しあげたい。ただし執筆者各位には自由な訳出や翻訳の選択をお願いしており、訳題をふくめて表記などが統一されていないことをお断りしておく。）

執筆者紹介
（掲載順）

ラリイ・マキャフリイ
(Larry McCaffery)
一九四六年生まれ。サンディエゴ州立大学教授。著書に、*The Metafictional Muse: The Works of Robert Coover, Donald Barthelme and William H. Gass* (U of Pitsburgh P, 1983), *Across the Wounded Galaxies: Interviews with Contemporary American Science Fiction Authors* (U of Illinois P, 1990) など。

シンダ・グレゴリー
(Sinda Gregory)
一九四七年生まれ。サンディエゴ州立大学教授。作家。著書に、*Private Investigations* (Southern Illinois UP, 1984), *Alive and Writing: Interviews with American Authors of the 1980s* (U of Illinois P, 1987)［ラリイ・マキャフリイと共著］など。

鈴木淑美　**（すずき・としみ）**
一九六三年横浜生まれ。慶応義塾大学大学院文学研究科博士課程修了。翻訳家。共著書に『物語のゆらめき』（南雲堂）、訳書にF・フクヤマ『人間の終わり』（ダイヤモンド社）、パトリシア・オッカー『女性編集者の時代』（青土社）など。

青山　南　**（あおやま・みなみ）**
一九四九年福島県生まれ。早稲田大学卒業。翻訳家、エッセイイスト。著書に、『眺めたり触ったり』（早川書房）、『英語になったニッポン小説』（集英社）、『アメリカ短編小説興亡史』（筑摩書房）、『南の話』（毎日新聞社）、『この話、したっけ?――インターネットでこんなに読めるアメリカ文学』（研究社）など。翻訳には、ゼルダ・フィッツジェラルド、トム・ウルフなど。

篠原　一　**（しのはら・はじめ）**
一九七六年千葉県生まれ。一九九三年、『壊音KAI-ON』（第77回文学界新人賞）でデビュー。二〇〇一年、『アイリーン』で野間文芸新人賞候補。他の作品に『誰がこまどり殺したの』（河出書房新社）、『天国の扉』（河出書房新社）、『ゴージャス』（角川書店）『きみよわすれないで』（河出書房新社）、『アウト　トゥ　ランチ』（集英社）、評論に『電脳日本語論』（作品社）など。

後藤和彦　**（ごとう・かずひこ）**
一九六一年福岡生まれ。東京大学人文科学研究科博士課程中退。立教大学教授。著書に、『迷走の果てのトム・ソーヤー――小説家マーク・トウェインの軌跡』（松柏社）、共訳書にフレドリック・ジェイムソン『のちに生まれる者へ』（紀伊国屋書店）、テリー・イーグルトン『美のイデオロギー』（紀伊国屋書店）など。

渡辺信二　**（わたなべ・しんじ）**
一九四九年札幌生まれ。東京大学大学院人文科学研究科博士課程中退。立教大学教授。著書に『荒野からうた声が聞こえる：アメリカ詩学の本質と変貌』（朝文社）、『アン・ブラッドストリートとエドワード・テイラー』（松柏社）、『もうひとつの鎮魂歌』（本の風景社）など。訳書に『アメリカ名詩選：アメリカ先住民からホイットマンへ』（本の友社）。

宮脇俊文（みやわき・としふみ）
一九五三年神戸生まれ。上智大学大学院文学研究科英米文学専攻修士課程修了。成蹊大学教授。共著書に、『アメリカの嘆き——米文学史の中のピューリタニズム』（松柏社）、*F. Scott Fitzgerald in the Twenty-First Century* (U of Alabama P. 2003)、訳書に、ジャネット・フラナー『パリ・イエスタデイ』（白水社）など。

三浦玲一（みうら・れいいち）
一九六五年埼玉県生まれ。東京大学大学院人文科学研究科英語英文学専攻博士課程単位取得退学。一橋大学助教授。訳書にドナルド・バーセルミ『パラダイス』（彩流社）。

平石貴樹（ひらいし・たかき）
一九四八年函館生まれ。東京大学大学院人文科学研究科博士課程中退。東京大学教授。著書に、『メランコリック・デザイン——フォークナー初期作品の構想』（南雲堂）、『小説におけ る作者のふるまい——フォークナー的方法の研究』（松柏社）、共訳書に『フォークナー全集第1巻』（冨山房）など。

巽　孝之（たつみ・たかゆき）
一九五五年東京生まれ。コーネル大学大学院英文学科博士課程修了。慶応義塾大学教授。著書に『サイバーパンク・アメリカ』（勁草書房）、『ニュー・アメリカニズム——米文学思想史の物語学』（青土社）、『アメリカ文学史のキーワード』（講談社）ほか。編訳書にラリイ・マキャフリイ『アヴァン・ポップ』（筑摩書房）、共著に *Storming the Reality Studio* (Duke UP, 1991) など多数。

柴田元幸（しばた・もとゆき）
一九五四年東京生まれ。東京大学大学院人文科学研究科博士課程単位取得退学。東京大学助教授。著書に『生半可版英米小説演習』（研究社）、『愛の見切り発車』（新潮文庫）、訳書にオースター、ミルハウザー、レベッカ・ブラウンなど多数。

千石英世（せんごく・ひでよ）
一九四八年大阪生まれ。東京都立大学大学院人文科学研究科修士課程終了。立教大学教授。著書に『アイロンをかける青年——村上春樹とアメリカ』（彩流社）、『白い鯨のなかへ——メルヴィルの世界』（南雲堂）、『小島信夫——ファルスの複層』（小沢書店）、訳書にメルヴィル『白鯨——モービィ・ディック』（講談社文芸文庫）など。

深谷素子（ふかや・もとこ）
一九六七年宇都宮生まれ。早稲田大学大学院文学研究科英文学専攻博士後期課程単位取得退学。早稲田大学非常勤講師。論文に「消費社会の寓話——フィッツジェラルドの『美しく呪われた人々』再読」『英文学』（早稲田大学英文学会）第77号、一九九九年など。

レイ、ぼくらと話そう　レイモンド・カーヴァー論集

二〇〇四年二月二十日　第一刷発行

編著者　平石貴樹　宮脇俊文
発行者　南雲一範
装幀者　岡孝治
発行所　株式会社南雲堂
東京都新宿区山吹町三六一　郵便番号一六二-〇八〇一
電話東京 (〇三)三二六八-二三八四(営業部)
(〇三)三二六八-二三八七(編集部)
振替口座　〇〇一六〇-〇-四六八六三
ファクシミリ (〇三)三二六〇-五四二五

印刷所　日本ハイコム株式会社
製本所　長山製本所

乱丁・落丁本は、小社通販係宛御送付下さい。
送料小社負担にて御取替えいたします。

<1B-286><検印廃止>

ISBN4-523-29286-8 C3098